**HERJO-VERLAG**
**Hermann Jonas**
www.herjo-verlag.de

# *Frühlingsabenteuer*

## - sündhaft gute Gedichte und Geschichten -

# Vorwort

**F**rühlingsabenteuer ...
unbeirrt beeinflusst der Frühling unsere Sinne und hält sich dabei selber oft genug nicht an die Jahreszeit, die wir ihm nur allzu gern zuweisen.

Scheinbar genießerisch mixt er einen Cocktail aus Abenteuer, Gefühlen und Gedanken und macht so ganz nebenbei weder vor den "Jungen" noch vor den "Junggebliebenen" halt.

Sein vielfältiges Wesen und Treiben findet Ausdruck in humorvollen, sündhaften, leidenschaftlichen und nachdenklichen Gedichten und Kurzgeschichten dieser Anthologie.

Ich möchte mich bei allen Autoren recht herzlich bedanken, die es "gewagt" haben, dem Frühling mit ihren Beiträgen ein Gesicht zu geben.

Mein besonderer Dank gilt jedoch dem Frühling, denn ohne den Frühling wäre dieses Buch nicht entstanden. Das ist zu mindestens für dieses Jahr mein ganz persönliches "Frühlingsabenteuer".


Hermann Jonas

**hautsensation**

und die luft rauscht wie texte
hungrig, durchs gewühl
still
fühl,
die nähte hinunter
der haut
darunter
ein sommer beginnt
im regen,
deswegen
faszinieren deine augen
und legen wahres, nehmen
klares wahr.

·uns·

wer will hier einen herbst,
wo sonnen strahlen,
erweichen
erstaunte haut,
von jetzt?

und du in deinem bunten stoff,
auf nackter haut,
die schwitzt und riecht nach
nach
nach
nach
...
luft.

endlich.

## Der Weiße Hirsch

Scheint ein Sehnen und ein Fragen,
liegt ein Ruf in diesen Tagen,
steigt ein Ahnen nebelhaft
von geheimnisvoller Kraft.

Wälderfürst mit Horn und Huf,
höre den uralten Ruf !
Spende Segen Wald und Flur,
neues Leben der Natur.

Wie aus Mythenwelt erwacht
ist für diese eine Nacht,
traumbildgleich - nicht jung noch alt -
Gott Kernunnos Hirschgestalt.

Mondlicht schimmert silberhell
auf des weißen Tieres Fell;
wieder wandelt sich die Welt,
denn der Gott hat sich vermählt.

© by Helga Jeske

## Einer wie Sergio

Sein blaues Hemd spannt sich, wie der Himmel über uns.
Sei sola? Seine Augen weiten sich, fixieren mich.
Nein, kein marito in Deutschland, nur amigo..
Anche io, non sono sposato......es folgt eine Reihe von Erklärungen, warum er nicht verheiratet sei, es niemals war, aber nun doch so langsam daran denke.

Es sei ihm eben noch nicht die richtige Frau über den Weg gelaufen, leider, leider. Wenn, dann würde er natürlich sofort zugreifen..
Voglio una donna, una donna come Catherine Deneuve, una bionda, so schlank, so damenhaft, genau so müsse sie sein. Die würde er sofort heiraten.
Nur zwanzig Jahre jünger natürlich, eine junge, knackige Catherine Deneuve....... ..
Er schlägt ein Bein über das andere, lächelt genießerisch vor sich hin, als hätte er einen Teller mit wunderbarer Pasta vor sich stehen. Das goldene Feuerzeug schnippt lässig auf und zu in seiner beringten Hand.
Er weist abschätzig lächelnd auf eine junge Frau in Jeans und flachen, weißen Schuhen, dann folgen Worte, scharf wie Rasierklingen, als müsse er über eine Kindsmörderin zu Gericht sitzen, guardi, e malissima, questa non e una donna per me, e un desastro, solo un desastro!

Das sei doch absolut das allerletzte was eine Frau, eine richtige Frau anziehen dürfe!

Einen engen Rock müsse sie tragen, una donna, und

Schuhe mit hohen Absätzen. Da bewege sie sich absolut
anders, la donna.

Mein Blick hakt sich fest an meinen Sandalen, die unter
meinem weiten Rock unverschämt frech und nicht geputzt
hervorlugen.

Als hätte sie auf ihr Stichwort gewartet, stöckelt eine
Frau mit schwarzweiß-getigerten Bundhosen, rotem,
hautengem Pullover, und schwarzen, hochgetürmten
Haaren über das Kopfsteinpflaster auf die Bar zu.
Sergio fällt die Asche seiner Zigarette auf die sich
ausbeulende Hose. Es folgt ein längeres vor- sich- hin-
starren und Schweigen- bis die verkörperte Verführung
mit einem Eis im Türrahmen steht.
Sie wird von seinen Blicken verschlungen wie Wild vom
Leoparden. Hüfteschwingend wackelt sie davon.
Si, cara, ….. ganz offensichtlich hat er den Faden
verloren, fragt, was er schon gefragt hat, bambini?
Nein, keine bambini, bei meinem Beruf hätte ich das nicht
gewollt. Er guckt mich angeekelt an, stellt keine weiteren
Fragen.

Endlich wälzt er sich aus dem Stuhl, um die Espressi und
den Wein zu bezahlen. Er ist klein, sein himmelblaues
Hemd spannt sich über einem kugelrunden Bauch, seine
Beine sind dünn, der Arsch hängt flach in seiner Hose.
Als er zurückkommt, sehe ich, dass er einen mordsmäßig
großen Ölfleck auf der irgendwann mal weiß gewesenen
Hose hat.
Er schlendert über den Platz zu seinem roten
Wagen, spielt selbstvergessen mit dem Schlüsselbund in
seiner Hand.

Zuerst höre ich das Radio, dann den aufheulenden Motor. Ohne sich umzuwenden hebt er den rechten Arm und winkt. Er dreht lautstark eine Runde um den Platz, die Musik dröhnt zu mir herüber, doch bald ist wieder Stille eingekehrt.

Die Sonne scheint noch immer, es ist sehr warm, zu warm für diese Jahreszeit.

*

Micha 1/05

## Porto - Sterbendes Gold

Sterbendes Gold und schreiende Seelen
schwängern den Abend.

Eine Feder begrüßt eine Gräte auf den Weg zum Douro.
Praca da Ribeira. Zusammengefaltete Schirme
zwischen einer Armee von weißen und roten Stühlen.
Lärm. Touristen, die reden. Kinder, die spielen.
Kellner, schwarzweiß, servieren Languste,
Salata Mista und zehn Jahre Porto tinto.
Streunende Katzen um streunende Fremde.
Über den Douro erstreckt sich Eiffels zweite Rache.
Gerüche von Speisen verdorben vom Duft des Wassers.
Fische zu Massen schmatzen an Portos schwarzen After.
Eine Treppe erstreckt sich verwinkelt wie ein Leben.
Tonnen von Stahl als Himmel. Vibrierend.
Lachende Kinder auf dreckigen Asphalt.

Sterbendes Gold und schreiende Seelen
schwängern den Abend.

Eine Feder begrüßt eine Gräte auf den Weg zum Douro.
Ruinen erheben sich. Zahnlücken offenbaren sich.
Weiße Flaggen in Form von Wäsche an der Front.
Die Sonne, tiefer, tunkt alles in Gold.
Zerbrochene Fenster, gelbe Lachen rinnen herab.
Der Duft von Kloake verdorben durch Fisch.
Ein Friedensbringer klopft an die Himmelspforte,
nur noch drei Federn und auch schon Zyklop.
Lachende Kinder hinter einer rollenden Kugel,
voller Hoffnung treten sie aufs Tor. Schreiende Seelen.

Zwei Möwen, blutrot vom Dach reflektiert,
krächzen und zanken in Portos Lüften.
Gräten, transportiert in Felidaes Mäulern,
lachen mich aus. Totenköpfe. Gold.

Sterbendes Gold und schreiende Seelen
schwängern den Abend.

Eine Feder begrüßt eine Gräte auf den Weg zum Douro.
Ola. Lachender Mund. Nur Zunge. Keine Zähne.
Ein Rufen. Ein Pfiff. Dreckige Kleider. Winkende Hände.
Vogelbauer, mit dem Menschen bester Freund,
auf den Balkon. Der kleine Gelbe piept und hüpft
hinter Rost von Stange zu Stange.
Lachende Menschen auf dreckigen Treppen. Gespräche.
Sitzen und spielen. Urin und Gebratenes. Müll.
Der Taube wurde die Pforte geöffnet,
eine graue verfilzte Katze brach ihr den Hals.
Eine Feder fließt im Rinnsal an einen Berg vorbei.
Eine wartende Gräte liegt und lächelt im Schmutz.
Eine Feder begrüßt eine Gräte auf dem Weg zum Douro.
Weiße Kacheln und eine Dusche. Ich sehe mich
baden, Zuhause, duftend bis hinter die Ohren.
Mit Seife in der Hand und Steak in der Pfanne.
In sauberen Laken wühle und tobe ich.
Und das Auto schreit nach Benzin,
und ich weine, ich habe kein Geld.

Sterbendes Gold und schreiende Seelen
schwängern den Abend.

Eine einsame Frau zerlumpt, im Morast.
Die Krücke aus Holz und die Haut aus Schmutz.
Ein Arm schaut aus einen der vielen rissigen Löcher.

Echo eines schreienden Kindes. Kreischende Möwen.
Ich erinnere mich an eine Düne, an Möwen
und an die Zweisamkeit. Hände streicheln,
Lippen küssen und Augen versprechen goldene Zeiten.
Sterbendes Gold und schreiende Seelen schwängern den
Abend.
Eine Feder begrüßt eine Gräte auf dem Weg zum Douro.
Unterhosen im Wind. Lachende Gesichter auf Balkone
und der Gestank des Urins verdorben durch Parfum.
Eine Treppe nach unten, noch hundert Stufen.
Ich höre Stimmen. Autos, die hupen.
Ein Kellner, schwarzweiß, serviert gerade Krabben.
Geld wandert. Uhren glitzern. Gold.
Eine Feder erreicht den Douro, verschwunden
im tiefen Schwarz der Strömung. Springende Fische.
Ein Bier und zwei baumelnde Beine am Pier.
Ich erinnere mich an lachende Kinder,
die einem Ball nachrennen. Eine sterbende Taube
bricht sich das Genick am Gebiss einer Katze.
Zahnloses Grinsen im Müll. Ein Trillern im Käfig.
Eine Möwe fliegt kreischend der sinkenden Sonne
entgegen.

Sterbendes Gold und schreiende Seelen
schwängern den Abend.

## Rendezvous

Wir sitzen
inmitten dieser Stille
die Welt trägt andere Farben
an diesem Tag
ich möchte Deine Lippen küssen
Du lachst mich heiter an
in dem Blau Deiner
Augen
will ich tauchen
so tief
Deine Hand streift mich
flüchtig nur
doch lange genug
um Dich
zu
lieben.

## Begegnung der Sinne

E s traf dich ohne Vorwarnung.
Sein Name war Mark.
Ihr hattet euch nicht in einem Restaurant, an der Alster oder beim Tanzen getroffen. Nein.
Er hatte deine Blicke nicht gesehen. Ihr hattet euch im Internet kennen gelernt, vorletztes Jahr vor dem kalten Winter. Ihr hattet lange Mails geschrieben.
War er derjenige, dessen Bild du schon so lange kanntest? Du wusstest nicht, ob dieses Bild, das er dir geschickt hatte, sein Bild war. Vielleicht war er ein Schwindler, ein Typ, der sich einen Spaß aus Spielchen machte und ein Internetnomade war.
Da er deine Unsicherheit merkte, hatte er dich angerufen. Ein Mal, damit du seine Stimme hören konntest. Die heimlichen Telefonate wurden häufiger. Du lächeltest in dich hinein, wenn er am anderen Ende der Leitung redete, du hörtest, wie er atmete. Zwischen euch entstand eine Empfindung von Verbundenheit, die ohne Vergleich in deinem Leben war. Er hatte so ein jungenhaftes Lachen. Die Sehnsucht sich zu sehen, wurde immer stärker.
Beide verheiratet, in festen Bindungen, aber was sprach gegen ein Treffen in diesem wunderbaren Frühling, bei dem man sich einfach nur sah und real in die Augen schauen konnte? Einen Kaffe trinken gehen, irgendwo auf einer sonnigen Ausflugsterrasse hoch über der kleinen schleswig-holsteinischen Stadt, wo einen keiner kannte. Erzählen, zuhören, lachen, die ersten Sonnenstrahlen gemeinsam genießen.
Du bist ihm mit der Bahn entgegen gefahren, einen Spätnachmittag bis in den Abend hinein Freiheit gesichert

mit dem Erfinden einer guten Ausrede für daheim. Als du aus der S-Bahn-Haltestelle in den sonnigen Maitag hinausgetreten bist, sahst du dich suchend nach seinem Wagen um, den er dir beschrieben hatte. Niemand da, wie es schien.

Doch dann kam er plötzlich angelaufen, hielt lachend vor dir und streckte dir seine große, gepflegte Hand entgegen. „Entschuldige", sagte er mit dieser unwiderstehlichen Stimme.

„Ich war noch beim Sport und bin im Stau vor einer Baustelle hängen geblieben."

Das Bild, was du von ihm bekommen hattest, entsprach nicht im Mindesten *dem*, der nun vor dir stand. Er übertraf alle deine Vorstellungen. Er war groß, ein sehniger Mann mit breiten Schultern, funkelnden schwarzen Augen, dunklem Haar und leicht ergrautem Dreitagebart. An seinen braungebrannten Beinen flatterten schwarze Bermudashorts und er trug ein weißes Poloshirt, das seinen maskulinen Armen schmeichelte. Du musstest lächeln, weil du ein weißes, eng anliegendes Frühlingstop trugst und einen engen, schwarzen Rock, der deine Beine umspielte. Du strahltest ihn an und wie selbstverständlich zog er dich zu sich, um dir einen sanften Kuss auf die Wange zu hauchen.

Alles war von einer ungeheuren Selbstverständlichkeit, einer Vertrautheit, als würde man sich schon ewig kennen. Er hielt dir die Tür auf und du bist ohne irgendwelche Bedenken zu ihm eingestiegen, zu einem Mann, den du erst 5 Minuten vorher getroffen hattest.

Auf der Terrasse, erzählte er dir beim Café Macchiato von der Zeit als er in Süddeutschland aufgewachsen war, wie er nach Hamburg kam, von seiner fünfjährigen Tochter. Dabei strich er sich immer wieder mit beiden Händen durch sein leicht gewelltes Haar und schenkte dir ein

verschmitztes Lächeln, wenn er die Sonnenbrille verlegen
auf und ab setzte.

„Nun erzähl du doch mal, " forderte er dich auf und du
fingst an, zwischen zwei Tassen Kaffee dein Leben auf
den Tisch zu packen. Am Anfang habt ihr noch entspannt
zurückgelehnt in euren Sonnenstühlen auf der Terrasse
gesessen.

Mit zunehmender Intensität des Gespräches wurde die
Unterhaltung gestenreicher und ihr seid euch über dem
Tisch immer weiter entgegen gekommen.

„Komm, lass uns ein wenig bergab zum Wasser gehen!"
Seine Stimme klang voller Unternehmungsgeist und sein
Enthusiasmus steckte dich an. Gemeinsam erkundetet ihr
die Gegend, habt alte Inschriften an Häuserwänden
entziffert, in tiefe Brunnen geschaut, euch verlaufen.
Einmal, als du auf dem urigen Kopfsteinpflaster leicht den
Halt verloren hast, griffst du instinktiv nach seiner Hand,
um dir nicht deinen Absatz abzubrechen. Er fing dich auf,
behielt deine Hand in der seinen und es war einfach nur
ein schönes Beieinander.

Unten am Wasser angekommen hast du deine Lippen
gespitzt wie einen Zuckerhut, dich auf die Zehenspitzen
gestellt und ihn blitzartig auf die Wange geküsst. Als du
ihn angesehen hast, mit dem Charme dieses verschämten
kleinen Mädchens, trat der Schalk in seine Mundwinkel,
und er zog dich hinter sich her zu einer alten verwitterten
Holzbank am Ende des niedergetrampelten Pfades.

Vor euch das malerische, sonnendurchflutete Wasser.
Unmerklich des Augenblicks bewusst und sich
gegenseitig betrachtend habt ihr dort gesessen. Es schien
dir, als könne er deine Gedanken lesen und keinen
einzigen Moment ließ seine verschmitzte Aufmerksamkeit
von dir ab.

„Ich habe so etwas nicht erwartet, Lea.... Niemals ist doch in unseren Mails ein Wort darüber gefallen, dass du ....."
Er stockte, du schlugst deine Beine verlegen übereinander und wartetest doch aufgeregt in deinem Innern darauf, dass er den Satz vollenden würde.
„Ich wollte das auch nicht....", sagtest du leise.
Er streichelte dir eine blonde Strähne von deiner Schläfe hinter das Ohr.
„Ich weiß...", flüsterte er heiser.
„Wir dürfen das nicht tun, Mark. Wir sind beide gebunden...."
„Ja, Lea. Das weiß ich, aber ich *will* mich gar nicht dagegen wehren."
Es war ein Hauch, leise geflüsterte Worte brachen sich ihre Bahn in dein Herz und wichen einer aufrührerischen Sinnlichkeit. Du hörtest, wie er atmete, sein Atem schneller wurde. Und seine Stimme, die jetzt nur noch einem Raunen gleich, klang so herrlich nach Bettgeflüster. Vollkommen aufgelöst hast du dich in seine Arme gleiten lassen, Brust an Brust, ganz nah. Das weiche Streicheln deiner Wange lies dich seine Augen suchen. Ein selbstbewusstes Lächeln umspielte seine Lippen, die sich nun leicht öffneten. Er schlang die Arme um dich, zog dich ganz nah an sich heran und küsste dich unbeschreiblich sanft.
Es war der Kuss des Frühlings!
Er fesselte deine Zunge mit seiner Begierde, sein liebevoller Blick brandete dir entgegen auf dieser Bank am Ende des Weges. Stundenlang spielten eure Zungen miteinander, ergabt ihr euch in bodentiefem Gefühl, in einer wahren Kusslust, intimerer Ausdruck der Liebe als jeder Sex hätte sein können. Zwei hungrige Herzen verbunden in der Sehnsucht nach absoluter Zärtlichkeit.

Auf einmal war es Abend.

„Weißt du, Lea...", sagte Mark als er seine beiden Arme auf der Lehne der Bank ausstreckte und den Kopf in den Nacken legte, „Ich kann eigentlich nur ganz selten meine Augen zumachen. Bei dir fällt es mir so wunderbar leicht."

Mit diesen Worten schlossen sich seine langen dunklen Wimpern, deren Enden auf seinen Wangenknochen ruhten. Er hing dort, mit einem seligen Zug um die Mundwinkel und ließ sich von dir durch sein frühlingsduftendes Haar streicheln.

„Wieso ist das so?", fragtest du zwischen zwei Kusswellen.

Seine Augen blieben geschlossen, er genoss sich selbst, die Stimmung, in welche die Situation ihn geführt hatte und antwortete unendlich leise und zärtlich mit der Stimme eines schwärmenden Poeten:" Weil ich *dir* vertraue..."

Ihr wolltet euch nie wieder trennen und immer beieinander bleiben, wie in einen Spiegel durch den Blick in die Augen des Anderen eintauchen, das Gefühl haben, sich selbst zu sehen.

Aber die Uhr sprach gegen euch. Die Zeit war gnadenlos. Du musstest zurück zu deinem Mann, er zu seiner Frau.

„Versprich mir eines...", sagte Mark zum Abschied, als er dich an der Bahn absetzte und du dich noch einmal lustvoll unter seinen Küssen in seinen Armen gewunden hast.

„Ja?"

„Vergiss niemals unsere Bank und bitte, verlier' niemals dieses Lächeln in deinen Augenwinkeln. Es ist entzückend!"

Du strahltest. „Ich verspreche es!"

In dem Augenblick, als sein Wagen losfuhr, wusstest du, dass es ein Abschied für immer war.
Noch heute gehst du in stillen Momenten hin und wieder zu der Bank, auf der ihr euch geliebt habt, ohne letzte Konsequenz. Ihr seid eingetaucht in eine Welt der Berührungen, in der ihr beide dem Reiz eurer Schwäche füreinander erlegen seid.
Und der Frühling war euer einziger Zeuge...

*

## Farbenkarussell

Ich sehe Bilder vor meinen Augen
Farben vermischen sich, bunt und wirr
Plötzlich sehe ich braune Augen
Braune Augen die lächeln, die mich anblicken
Ich schüttle mich
will vergessen
will Dich vergessen
will wieder bunte Farben sehen
reiß die Augen auf
sehe blau, rot, gelb, schwarz, grün
und braun
kann Dich nicht abschütteln
kann Dich nicht vergessen
will Dich nicht vergessen

## Merci, Cherie

Endlich stand er vor diesem Meisterwerk der Sinnlichkeit. Ein Jahr lang stilles Sehnen, ein paar Stunden Reise und jetzt am Ziel. Ruhig war es hier. Niemand sonst war da, der seine Stimmung beeinträchtigen konnte. Nur er, sein Glück und sein Atem bestaunten diese Skulptur. Von draußen die Sonne, kleine Schatten erzeugend, nicht der Rede wert, diese dunklen Flecken auf seinem Jackett. Tag für Tag, ein Jahr lang, hatte er sich diesen Moment herbeigesehnt. Alles würde so wie immer sein, das verriet ihm seine Hoffnung. Immer, das war schon siebzehn Mal, das war dieser bestimmte Tag im Mai, das war jetzt. Daheim schmerzliche Abschiedsküsse von Frau und Kindern, dann Aufbruch um Mitternacht, eine Stunde Fußmarsch, dabei Erinnerungen und die Sehnsucht danach, dann der Bahnhof, dann warten auf den Zug, dabei Zigaretten und wieder diese Sehnsucht an diesen Moment. Nein, nicht von ihr oder den Kindern, von Niemandem in der ganzen Welt würde er sich diese Reise nehmen lassen. Fragte jemand nach dem Grund seiner Reise, so gab er die Antwort, in Paris einen Freund aus alter Zeit zu besuchen, der an diesem Tag Geburtstag hat. Eine Lüge. Die Einzige, die er sich gegenüber seinen Freunden, seinen Kindern und seiner Frau erlaubte. Und alle Wahrheit in ihm machte sich an diesem Tag diese Lüge zum Freund. Er stieg in den Zug.

‚Merci, Cherie, c'est la vie' war sein Spruch, den er im Zugabteil mit schelmischen Augen in sich sprach, vier-fünfmal, oder öfter, wenn seine Seele es forderte. Dazu lächelte er, rieb seine Hände, bemerkte seinen Ehering, steckte ihn in die Hosentasche. Er blickte in das dunkle Zugfenster, in dem sich seine erzwungene Unbeschwertheit spiegelte und sah freudig in die nahe Zukunft. Sein Glücksrezept, diese paar Worte, eine gute Sache, dieses ,C'est la vie', dachte er. Er streichelte über seinen grauen Bart, noch ein ,C'est la vie', dieses Mal murmelnd, betrachtete noch einmal sein Gesicht im Fenster, schob seine Baskenmütze ins Gesicht, dann schlief er ein.

Der Zug brachte ihn nach Paris.

Nun war er hier, Gedanken an das, wie es zum erstenmal war, vor siebzehn Jahren, in diesem Raum. Mit ihr, die er nicht haben konnte, weil es nicht sein durfte. Nur die paar Minuten mussten sein, nur mit ihr, alljährlich an diesem Frühlingstag, vor dieser Skulptur, ein Symbol und Zeuge. Er schloss seine Erinnerungen ein und wartete ohne ungeduldig zu sein. Ein wenig aufgeregt, ein wenig spekulierend, wie sie jetzt aussehen wird. Ihr Bild in seiner Fantasie. Ein ,Sie wird schön sein' darin bestätigt. Zufrieden über alles, widmete er sich jetzt der Skulptur. Seine Hände berührten vorsichtig die glänzende Oberfläche, er roch den Marmor, genoss diesen Geruch. Der Genuss ließ seine Finger über die cremefarbene Haut gleiten, befahl, den Stein lebendig zu streicheln. Nur für sie, nur für ihn, nur eine kurze Zeit. Er vergab Zärtlichkeit, dachte an ihre Haut, hauchte damit fantasiertes Leben ein. Jetzt war Wärme und Herzschlag, jetzt war Lebendigkeit. In ihm war die Vorstellung eines sich begehrenden Paares und in seinem Körper eine sanfte Erregung. Einmal berührte er die Figuren dort, dann wieder da, dann wieder dort. Und immer wieder der Blick auf die küssenden Münder. Er wollte sich dazuheften und sehnte sich nach ihr. Wo bleibst Du, Cherie?

Schritte und Stimmengewirr aus dem Treppenhaus ließen

ihn aufhorchen. Er war sich nicht sicher ... doch! Es war ihre Stimme.

Alles wurde lauter, alles kam näher, alles war jetzt hier. Er drehte sich nicht um, hörte sich nur zu ihr. Ihre Stimme schwebte über ihm. Jetzt saugte er ihren Duft. Endlich...

„ Nun, meine verehrten Damen und Herren, stehen sie vor einer Skulptur, die Auguste Rodin ‚Ewiger Frühling' nannte. Für mich eine seiner sinnlichsten Arbeiten. Der Meister schuf dieses Werk im Jahre 1884 als Variation zum berühmten ‚Kuss', den wir ja eben besichtigt haben. Erleben sie diesen Ausdruck, diese Lebendigkeit, diese Leidenschaft eines sich umarmenden und küssenden Paares. Ein gekonntes Vermischen der Idealvorstellung von Mann und Frau mit prickelnder, sinnlicher Erotik ...“

Sie unterbrach, sah ihm in die Augen, lächelte jetzt anders und nach einem innerlichen ‚Gott sei Dank' fuhr sie, wieder zur Gruppe blickend, mit ihrer Erklärung fort:

„...Rodin sagte einmal – ich zitiere ihn wörtlich – dass seine Kunst nur eine sexuelle Begierde sei. Sie würde sich aus seiner Liebeskraft ableiten' - Zitat Ende. Das Liebesleben von Rodin beweist diese Aussage vortrefflich...“

Damit erzeugte sie in der Menge ein Schmunzeln und Getuschel, verschuf sich eine Pause, konnte wieder einen Blick auf ihn richten. Er sah gut aus, auch mit grauem Haar, auch mit blasser Haut, der Bart silbrig. ‚Das Leben hat seine Farben', sagte er einmal zu ihr. Es war ein schöner Satz von ihm.

„...jetzt, meine verehrten Besucher“ – sie wandte sich wieder der Gruppe zu – „jetzt bitte ich sie, zum Abschluss der Führung, mit mir in das Land ... nein, ins Paradies... ja, ins Paradies der Fantasie zu fliegen. Jeder für sich, jeder so, wie es ihm gefällt. Sie werden es nicht bereuen. Bitte schließen Sie die Augen ...“

Es wurde ruhig, alle schlossen die Augen. Sie blickte in die fremden Gesichter, wartete, dann pure Stille. Sie nahm seine Hand und schloss auch ihre Augen. Ihre Stimme flüsternd, fast zu leise und mit melancholischer Langsamkeit.

„...denken sie sich das schönste Blau ... sehnen sie sich in einen wundervollen Park ... sie liegen im Gras... wünschen sich ihren Traumpartner neben sich... erbitten seine Umarmung ... ersehnen einen Kuss von ihm...“

Er umgab sich mit ihrer Schönheit, zog sie an sich, umarmte sie. Alles weibliche ganz nah bei ihm, endlich sie, die jetzt leicht zitterte und wärmend der Atem ihrer Stimme:

„...träumen sie... spüren sie die Sonne über Paris ... das frühlingsfrische Gras ... die Nähe ihres Partners und... fühlen sie jetzt den Kuss ... seine Lippen ... das Weiche ... seinen feuchten Atem ... das Paradies“

Sie spürte Liebesstrom in ihren Adern, sog seinen Geruch ein, schmiegte sich noch enger an ihn, seine Erregung spürend, die ihre Lust noch mehr beflügelte. Alles im Raum schwebte. Ihre Worte nur noch hauchend.

„... genießen sie... Haut an Haut ... seinen Mund ... sein ... mmmhhh ...“

Sein Mund wanderte auf ihrem Hals dahin, küsste das kleine Herz aus Gold, dann wieder Haut, das Kinn, alles vorsichtig und zärtlich dahinküssend, ihre Lippen zum Ziel. Endlich sein Mund auf ihren leicht geöffneten Lippen, erst leicht, dann für ewig haftend, inniglich und verschlungen, heftig und sanft. Er fühlte ihre Brüste, ihr leichtes Reiben an seinem Körper, er fühlte sich in ihr. Noch ein paar Atemzüge, die beider Begehren sättigte, ausreichende Liebesnahrung für ein ganzes Jahr. Es war genug. Ihre Körper lösten sich nur zögerlich, dann verletzte sie die Stille im Raum.

„...und jetzt öffnen sie ihre Augen... und betrachten die Skulptur ... sehen sie auf den Mund... auf die Hände... auf die nackten Körper...ich hoffe, sie fühlen das gleiche wie ich.... ja, das gleiche wie ich. Das ist Frühling in Paris ... ja, Frühling in Paris...“ Sie hielt noch seine Hand.
Er sah sie an, war noch befangen und sie war immer noch schön, für ihn, für die Ewigkeit. Ihre Hände ließen sich los.
„...oooh, meine Damen und Herren. Gibt es das bei ihnen zuhause auch? “
Ihre Frage an die Gruppe, heimlich auch an ihn, noch ergriffen vom Gewesenen, ein liebes Lachen, ihre Hand jetzt am glänzenden Marmor.
„Gibt es das bei Ihnen zuhause auch? “ wiederholte sie jetzt mit humorvollem Ton.
Einige, noch im eigenen Traum weilend, schüttelten verneinend den Kopf. Andere schmunzelten, hielten sich an den Händen, staunten noch. Viele küssten sich.
„...ich hoffe, ihnen allen hat der Ausflug in das Paradies der sinnlichen Fantasie genauso gefallen wie mir. Es würde mich freuen, wenn sie diesen ‚Ewigen Frühling‘ in ihrer Erinnerung behalten würden. Die Führung ist nun zu Ende. Empfehlen kann ich ihnen noch einen Rundgang im Museumspark. Dieser Himmel, diese Sonne werden sie begleiten. Genießen sie. Ich bedanke mich für ihre Aufmerksamkeit.“
Klatschend und kopfnickend verließen die Touristen den Raum, nur sie blieb bei ihm. Keiner von den anderen konnte mehr die Worte hören, die sie ihm zufrieden hinflüsterte:
„Merci, Cheri. Bis zum nächsten Frühling.“
Dann ließ sie ihn allein.

*

## Diptychon

I

Die Schöße bluten wieder länger
Die Hirsche falten ihr Geweih
Die Wolken regnen wieder strenger
Ins alte Heu

Die Bienen stechen wieder härter
Die Knospen sind schon fast entzwei
Die Herzen stürzen wie die Wärter
Am Tag vorbei

Und seufzen in den fremden Farben
Dass alles bliebe, wie es sei
Die späte Angst, die frühen Narben
Und der Mai

II

Die Kinder blühen wie die Lügen
Und hängen an die Galgen bunte Katzen
Der Schmetterling verlernt zu fliegen
Und klatscht ans Fenster. Davor schwimmen
Frauenfratzen

Sie üben mit den Männern das Ertrinken
Auf sachte Wellen kotet mancher Mond
Die bunten Katzen fangen an zu stinken
Die toten Frauen schmecken manchmal blond

© by Ulrike Langenbeck

## Magnetfleisch - Ein unschönes Wort

Magnetfleisch. Ein unschönes Wort. Magnetfleisch. In voller Absicht so tiefseefischig wie irgend denkbar formuliert. Um ihn in ein unschönes Wort zu bannen und hinab auf den Grund des Ozeans damit! Ja, das Adjektiv *tiefseefischig* bringt meine Sehnsucht nach dem Besitz von kaltem Blut, trägen Flossen, keinem Herzen voller Sehnsucht und keinem Kopf voller Phantasien zum Ausdruck. Ich wünschte, er könnte mir nichts mehr anhaben und diese Sache wäre für immer vom Tisch. Diese Sache ist das, was geschieht, wenn er neben mir sitzt und seine körperliche Geschmeidigkeit die Moleküle um ihn her zu beschleunigen und zusammenzudrücken beginnt. Wenn sein Hexencharme durch die Luft zwischen seinem und meinem Körper ungebeten unter meinen Pullover kommt und auf meiner nackten linken Schulter Musik macht, bis mein Arm davon summt und das zerbrechliche Handgelenk, unter dem Ärmel verborgen, im Takt zuckt. Meine nackten Hände füllen sich so schnell mit großen Gefühlen. Sobald sie die Sehnsucht meines gesamten Körpers in sich aufgenommen haben, drücken sich meine Hände ganz flach an den Boden. An meinem Verstand vorbei, auf dessen steinernem Thron, schwarz und glänzend wie ein großer Skorpion, unbeweglich das Verbot hockt, robben meine Hände gefährlich nah an alles heran, was mein Fleisch besitzen will.

Es war der erste warme Frühlingsnachmittag, die Luft hell und süß, die Birken in jungem Grün. Ich war mit ein paar Bekannten im Sonnenschein spazieren gegangen und nun saßen wir alle gemeinsam in einer Bar am Tisch. Ich saß links von ihm auf einer langen, gepolsterten Bank an der Wand. Auf einer Bank ist ein Sitzplatz nicht klar vom nächsten unterschieden. Deshalb treffen sich Liebespaare im Frühling auf Bänken. Er führte das eine Gespräch, ich führte ein anderes, und um nicht über einander hinweg skandieren zu müssen, sagte ich zu ihm, wir sollten die Plätze tauschen und erhob mich. Nun folgt, was in einem Zeitlauf von weniger als zehn Sekunden geschah. Er stand nicht auf. Er blieb sitzen, er drückte nur seinen Rücken tiefer in die weich gepolsterte Banklehne, um mich durchzulassen. Die konventionelle Geste für die Sitzreihen im Kino oder im Theater. Wir jedoch saßen an einem Tisch und ich spürte, dass sein Körper sich dessen vollkommen bewusst war. Er hatte nicht, wie er jetzt imitierte, den Freiraum falsch eingeschätzt, der mir bleiben würde, um an ihm vorbeizukommen. Nein, seine Pose beschwor den Moment herauf, nach dem er sich sehnte. Er bot sich mir an, tat es vor aller Augen. Saß da und verharrte in raubtierhafter Langsamkeit und seine sattgefressene, hungrige Langsamkeit betörte mich. Ich hatte ihn aufgefordert, sich für mich zu bewegen. Sein Körper antwortete mir mit einem erotischen Schlag. Er schnitt den Augenblick auf und zeigte mir etwas, das nur er und ich sehen konnten: Die Aufforderung, mich auf seinen Schoß zu setzen. Seine Knie waren, da er sehr groß ist, so dicht unter der Tischplatte, dass ich meine Füße nirgendwo hätte hinsetzen können. Um über seinen Schoß hinweg an ihm vorbeizukommen, hätte ich meinen Hintern tief in seine Hüften hineindrängen müssen. Ich stand über ihm und sein Leib lockte mich. Ich werde ihn sehr tief in mich hineinbekommen, wenn ich über seinen Schoß rutsche, dachte ich fasziniert. Warum war ich so betört, was war so unbeschreiblich verlockend? Dein

Schoß lag vor mir wie das offene Meer, hast du das in meinen Augen gesehen? Als ich bis in die Spitzen meiner Nerven hinein den Wunsch empfand, ihn in mich aufzunehmen, wenn ich nicht vor Verlangen verrückt werden wollte, stand er auf. Erhob sich geschmeidig und beweglich und streifte nicht einmal die Tischplatte. Ich bemerkte den Schweißfleck, den sein Gesäß auf dem Plastikbezug der Bank hinterlassen hatte. Nie zuvor hatte ich den Schweißfleck eines Gesäßes gesehen. Ich setzte mich rechts daneben und er nahm seinerseits Platz. Saß nun also links von mir, mit seiner tiefen, heiseren Stimme und nahm sein Gespräch wieder auf. Mich entzückt seine Stimme, die in meinen dunklen, unaufgeräumten Herzkammern mit einem Griff die spanische Gitarre von der Wand nimmt und ihr feste die Saiten schrubbt. Dann, an mich gewandt: „Julia? Tom hat mich gerade gefragt, was du beruflich machst!" Seine Hände sind sehr groß und nun ruhen sie neben mir und elektrisieren die Nähe zu meinem Körper und meine schmalen Hände, meistens zwei artige, weiße Hündchen, erblicken ganz unerwartet zwei herrliche T-Bone-Steaks vor ihren Nasen und vergessen ihre gute Erziehung. Meine Hände zerren an meinen erschöpften Handgelenken und meine in Ohnmacht gesunkenen Arme bringen beim besten Willen kein regenwurmlanges Stück Muskelkraft mehr dafür auf, Haltung zu bewahren. Die Schönheit seines Leibes umspannt mich wie ein großer, roter Seidenschirm aus Lust und Wärme und meine linke Schulter rutscht mir geschmolzen den Rücken herab, ganz langsam, die Wirbelsäule entlang. Mein Beruf? Verdammt, wie hießen sie bloß noch, die dummen Berufe der Menschen? Ich atmete die Wärme seiner Haut und spürte seinen Geruch auf den Lippen, er stieg wie geflügelte Schlangen in meine Nase. Ich war hellwach

und saß mitten im schönsten Augenblick meines Lebens.
Meine linke Hand legte sich auf deinen Arm. Um ein
Haar hätte ich vor Angst laut geschrieen.

Als wir alle wieder draußen in der lieblichen
Frühlingssonne standen, war ich außer mir und hilflos vor
Verlangen. Wenn er nur einen Moment lang seine Hände
um mein Gesicht gelegt hätte, wäre ich im Takt geblieben.
Dann wäre es weitergegangen. Er hätte seine Hände auf
meinen Rücken legen müssen und um meine Taille, auf
meine Schenkel und auf meinen Bauch. Ich hätte alles von
ihm verlangt und hätte alles von ihm bekommen. Doch
die Wucht zwischen uns war fort, als hätte sie nie
existiert. Und das offenbar nur, weil wir nicht mehr auf
unserer Bank saßen. Wie konnte eine so gewaltige Macht
so zart sein? Wohin war die Intelligenz unserer Hände
verschwunden? Wir standen voreinander wie Pinguine mit
schlappen Stummelflügeln. Mein Körper soufflierte
verzweifelt, was ich nicht herausbrachte. „Nimm mich
mit! Bitte! In mir ist eine Tür zugefallen, ich kann nicht
heraus, ohne dich!“
Im Weggehen spürte ich, dass ich vor Sehnsucht nach ihm
weinen musste. Und ich beschloss, mir ein Wort für diese
Sache auszudenken, später, wenn das Pochen zwischen
meinen Schenkeln etwas nachgelassen hätte. Ein Wort
würde ich finden, das nach kaltem Blut und keinem
Herzen voller Sehnsucht und keinem Kopf voller
Phantasien klänge.
Magnetfleisch zum Beispiel. Das wäre so ein unschönes
Wort, in das man dich verbannen könnte, du!

*

## Voll erwischt ...

Hab mich tagelang betrunken,
an dem Traum der Liebe heißt.
Katerstimmung gibt mir Klarheit,
was dein Blick mir grad beweist !

Starrst mir ständig auf den Hintern,
redest hochgestochnes Zeug !
Deine Augen lechzen schamlos,
wenn ich mich nach Vorne beug !

Plötzlich find ich's ziemlich albern,
das der nur mit Hose denkt.
Komisch das ich's nicht gleich merkte,
hätte fast mein Herz verschenkt !

Immer bleibt die gleiche Frage,
ist mein Anspruch viel zu groß?
Sehen meistens nur Fassade,
was ist mit den Männern los?

Ärger mich nun schon ein bisschen,
war ein Vollidiot und blind !
Doch zu Schade für verarsche,
schieß ihn dreikant in den Wind !!!

## Frühlingsabend

Die Schwalben tragen den Frühling übers Land.
Die Mohnblume schöpft sich den Libellenflug.

Aus dem triefenden Mai
stürzt eine Stratosphäre auf die Tische.

Bittende und gierige Blicke von der Bluesbar,
von der Gar-nicht-hier-Ballustrade.

Das nackte Mädchen stampft mit den Füßen,
während es die Männerherzen als Laternen aufhängt.

## Ballade von Klaus-Dieter Pagels ultimativem Frühlingsabenteuer

Wenn die Frühlingsknospen sprießen
und diverse Säfte fließen,
kommt es vor, dass mancher Mann
diesen Druck nicht aushält. Dann

Mags ein großer Vorteil sein,
wenns in seinem Städtelein
Ein gewisses Häuschen gibt,
wo man ihn beruflich liebt.

Andernfalls ists schon passiert,
dass er die Geduld verliert,
weil kein Weib ihn Schatzi nennt
Und er so alleine pennt,

Dass, vom Notstand übermannt,
Ihm die Sichrung durchgebrannt.
Selbst bei Popen, bei ganz frommen,
ist so was schon vorgekommen.

Auch Klaus-Dieter, ein normaler,
eigentlicher ein vitaler
Kerl hat einst den Drang verspürt,
den der Lenz ums Ränzlein schnürt.

Als die Luft nach Blüten roch,
dachte sich Klaus-Dieter noch,
dass man ihm zur Kommunion
streng verboten hatte schon,

à la main* zu regulieren,
wenn die Triebe dominieren
und sie sonst nichts stoppen kann.
Nichts mit "Selber ist der Mann".

Dieses wurde zum Verhängnis,
als Klaus-Dieter, in Bedrängnis,
floh zum Weine in die Schenke
und zu härterem Getränke.

März wars, als in der Kaschemme
ausbrach eine Weiberschwemme.
Das kam so: Frau Conny Schmidt
brachte zwanzig Schnepfen mit,

Die vereint im Nebenzimmer
Schorle soffen und, noch schlimmer,
sich sehr offenherzig zeigten,
während vorn drei Geiger geigten.

Dies geschah im Weinlokal
und gilt dort als stinknormal,
wo die Donau fließt so blau
in der Frühlingsnacht, so lau.

Conny Schmidt roch nach Jasmin.
Davon war Klaus-Dieter hin-
und nicht minder hergerissen.
Ungestüm wollt er sie küssen,

Weil der Duft ihn schwach gemacht
und sie einladend gelacht.
Nach zwölf Vierteln Muskateller
wirkte Connys Liebreiz schneller.

Sie war keine Augenweide,
und der rechte obre Schneide-
zahn war falsch. Und doch: Der Klaus
hälts vor Sehnsucht nicht mehr aus.

Für der Adern heiße Wallung
sorgt die Johann-Strauß-Beschallung,
und der Weingeist tut den Rest.
Ob sie jetzt Klaus-Dieter lässt?

Kann es sein, dass sie sich zierte
oder vor Klaus-D. genierte?
Wer nun meint, er würd zum Täter,
irrt, denn dieses kommt erst später.

Vorerst wirbeln die Gefühle
der Umarmung im Gewühle
zweier Körper, die sich necken
hinter weinbewachsnen Hecken.

Nun, hoch die Horizontale,
winden sie sich wie zwei Aale,
nippen an des andern Lippen,
während sie flugs weiter strippen.

Hinterm dunklen Busch von Flieder
fällt die letzte Hülle nieder.
Generell: Man sagt, im Dunkeln
sei im Frühling sehr gut munkeln.

Plötzlich aber schweigt das Paar,
ruhn die Glieder sonderbar.
Denn Klaus-Dieter irritiert,
was er da so anpoussiert.

Als er sie wo hingekniffen,
hat er schlagartig begriffen,
dass der Kerl kein Weibsbild war.
Grausig ist, was nun geschah,

Übertraf doch das Gemetzel
das des Hunnenkönigs Etzel,
und selbst päpstliche Gebieter
schauen neidvoll auf Klaus-Dieter.

Vieles blieb von Conny nicht,
stand im Polizeibericht.
Und den armen Dieter Pagel
raffte hin der Kugelhagel.

Die Moral von der Geschicht:
Unterschätzt den Sexus nicht!
Stärker als die Sittlichkeit
Ist der Trieb zur Frühlingszeit.

______________

* mit (Hilfe) der Hand

## Sonnen-Haiku

Sonne auf der Haut ~
wärmt das Herz und die Seele ~
Sonnenstrahlentanz ~
© *Roswitha Bloch*

## Frühlings-Haiku

Tautropfen perlen ~
von smaragdgrünen Blättern ~
Natur, die erwacht ~
© *Roswitha Bloch*

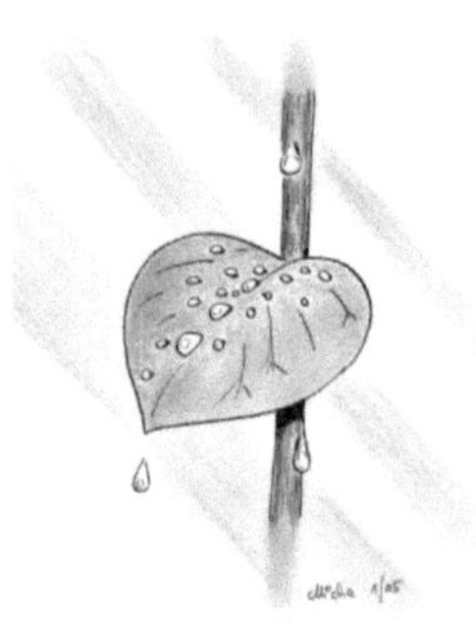

© by Dennis Roth

## Frühling im Winter

Sie wollen hören, was mir zum Frühling einfällt? Weil Sie nicht wissen, was Frühling ist und fragen deshalb einen alten Mann? Aber natürlich fällt mir etwas zum Frühling ein. Aber bitte keine falschen Erwartungen, denn es ist kaum der Rede wert oder wegen Ihnen vielleicht nun doch ein bißchen. Immerhin gab es damals noch Jahreszeiten. Jetzt ist es so kalt, dass Winter sein könnte. Manchmal wenn sich jemand finden lässt, der mich in meinem Rollstuhl durch diese seltsame Gegend schiebt, ganz in der Nähe vom Pflegeheim, in dem ich schon so lange zu leben versuche, sehe ich immer die verrottende Gartenanlage neben dem Feld, in der ich früher sehr viel früher oft als Kind gespielt habe. Wissen Sie, eigentlich könnten Sie mich doch aus diesem modrigen Zimmer hinaus an die Luft schieben, obwohl die auch modrig ist. Irgendwie ist alles modrig. Mittlerweile mein Lieblingswort, wissen Sie. Wohin? An die Gartenanlage neben dem Feld bitteschön, weil ich mich dort erinnern kann und Ihnen etwas über den Frühling erzählen. Nein, das stört die Pfleger nicht, sind ja kaum welche da. Hier hinaus, ja...

Ich versuche mich zu erinnern, schließe die Augen und lasse mich treiben lasse mich tiefer und tiefer treiben und sinke hinab bis ich da bin... ich erinnere mich...

Frühling April? Frühling... kühle frische Luft blauer Himmel keine Wolken helle Sonne... mit meinen Eltern im Garten Papa und Mama unterhalten sich ich bin ein Kind ich bin ein Kind alle noch jung viel jünger damals und jetzt... ich spiele in Blumen rieche an Blumen eine Biene summt mir ins Gesicht ich lache Vorsicht eine

Biene! ich schaue der Biene nach sie summt weg Deine
Eltern sind sehr schwierig findest Du nicht? ich bin ein
Kind höre und fühle verstehe Ja aber sie sind meine
Eltern! Papa gräbt in der Erde Deine Eltern haben ihm im
letzten Jahr auch nichts zu Ostern geschenkt weißt Du
noch? frische kühle Luft alles so schön ich schau in den
Himmel eine kleine Wolke die Sonne strahlt durch ich
hüpfe herum alles so schön ich freue mich ich bin
glücklich weiß es aber nicht bin es einfach... noch ein
Kind ich bin noch ein Kind bin wieder ein Kind... Mama
geht in die Hütte und holt was ich gehe zu Papa Mama
kommt wieder Löcher in der Erde sie werfen was rein ich
will auch was reinwerfen Warum bist Du jetzt so still bist
Du beleidigt? Nein aber es sind meine Eltern nimm sie so
wie sie sind! Wenn sie bloß anders wären! Vögel Vögel
überall Vögel ich schaue ihnen nach sie fliegen Vögel auf
Bäumen auf dem Zaun Vögel singen zwitschern singen
Wenn das so ist kann ich ja das Radio anmachen ich will
mit Dir darüber nicht mehr reden! bunte Vögel zwitschern
singen fliegen weg kommen wieder bunte Vögel überall
Und nun die Nachrichten im Überblick Mach doch das
Radio aus! fliegen weg wo sind sie ich spiele in der Erde
mit der Erde Wie soeben gemeldet wurde hat sich in
einem sowjetischen Atomkraftwerk ein schwerwiegender
Störfall ereignet... ich frage Mama was das ist Sei leise!
Näheres ist noch nicht bekannt Experten warnen jedoch
davor sich im Freien aufzuhalten... Wir müssen sofort
nach Hause! Papa wirft Schaufel weg Mama nimmt meine
Hand meine Hand ich bin noch ein Kind höre und fühle
verstehe aber nicht fühle nur blauer Himmel keine
Wolken mehr helle Sonne strahlt kühle frische Luft
Frühling Vögel zwitschern wir steigen ins Auto und
fahren weg fahren heim...
Mir ist kalt. Sind Sie noch da? Haben Sie mitgeschrieben?

Wissen sie jetzt vielleicht was Frühling ist? Das müssen Sie auch nicht, war ja kaum der Rede wert. Aber ich erinnere mich immer daran wenn ich an meine Kindheit denke und an unseren Garten, hier an dieser Stelle war er, die Hütte verrottet, alles verrottet. Schieben Sie mich jetzt bitte wieder zurück. Ich sollte meine Tabletten nehmen.

*

**Treppenaufgang**

Der Frühling kommt
zwischen den Stufen
           bleibt sie hängen
die Sonne tankt
durchquert die Säulen
         italienische Schuhe
vom Hügel ein Segler
über dem Schauplatz
        das Kleid sitzt schief
zum Landen zu klein
diese offenstehende Voliere
gefällig lacht sie

### min2

wenn zarte worte
durch den ganzen
koerper
waerme ziehen
und sie vor dem
herz entladen

jemand in den kopf
einbricht
und mit seinem
geruch ein bild
in die zellen sprueht

wenn ein blick
staedte baut
fremder atem
den eigenen uebertoent
und das wesentliche
unwesentlich zu
einem wesen wird

jemand mit seinem
herzen nach einer
seele greift
man sie gerne verschenkt
und dafuer nichts
erwartet

dann lebt und liebt man
und wird geliebt

# Lockenkopf

Schon durch die geschlossene Tür zum grünen Hörsaal hören sie den brausenden Applaus, Gejohle und Füße trampeln. Sie öffnen die Tür, heiße stickige Luft und ein ohrenbetäubender Lärm schlägt ihnen entgegen.
Es ist brechend voll und sie müssen direkt an der Tür stehen bleiben, denn selbst die Treppen abwärts sind bis zum letzten Platz besetzt. Statt studentischem Alltag und öden Vorlesungen gibt es heute eine kabarettistische Veranstaltung, "Gaudimax".

Sie hatte das dringende Bedürfnis nach Lachen und nur darum hatte sie seine Einladung angenommen.. Doch sehr bald bleibt ihr das Lachen im Halse stecken, ihr Herz schlägt wie ein Hammer.

Vor ihr auf der Treppe sitzt jemand mit Locken; braune Locken, ein Männerkopf, Locken, weich und wuschelig wie seine damals, Locken, die sie 'ihm' so oft mit den Fingern durchwühlt hatte. Neben ihm ein Mädchen.
Sie kann sich kaum noch konzentrieren und schaut immer wieder heimlich auf diesen Lockenkopf, diesen Nacken, diese Schultern. Ihr Begleiter bemerkt nichts davon.
„Was mache ich, wenn du es wirklich bist, und wer ist das Mädchen an deiner Seite, das du gerade so zärtlich um die Taille faßt?" Schon denkt sie „du", als wäre er es wirklich.

Sie versucht sein Profil zu sehen, doch er schaut gerade-aus. Sie versucht seine Stimme zu hören, aber sie geht unter im Gelächter.

Diesen grauen Pulli, den „Lockenkopf" trägt, kennt sie nicht, vielleicht ist er neu? Sind die Schultern von „Lockenkopf" nicht etwas breiter? Sie schaut auf seinen Nacken.

"Ist die Haut dort genau so weich wie deine?" Sie würde ihn am liebsten berühren, die Haare, den Nacken, diese Schultern im anthrazitgrauen Pulli. Immer wieder schaut sie auf diese Locken; sind seine nicht doch etwas dunkler? Aber das Licht kann täuschen.

Verdammt, sie weiß nicht einmal ob er es wirklich ist, und doch hat sie so sehr Herzklopfen, rasendes Herzklopfen! Einmal kann sie kurz seine Hände sehen, sie sind ebenfalls schmal und feingliedrig wie seine.
Endlich ist die Veranstaltung zu Ende, das Licht geht an. Auch Lockenkopf erhebt sich, dreht sich um. Ihr fällt ein Stein vom Herzen, er ist es nicht. Dieser Mann ist größer, etwas kräftiger, aber der Typus ist ähnlich.

Endlich draußen! Die Luft ist warm und weich, es ist Mai; und ohne ihren Begleiter anzusehen, nimmt sie seine Einladung an, irgendwo noch ein Glas Bier zu trinken.

*

## Mai, Hegau

Das Dröhnen der Grillen bis tief
in den Abend, würzig das Ried und die Aach gefüllt
bis zum Rand.
Ratten springen, das
schwere taubgraue Wasser, Undines Haar mäandert -
genauestens grün von der Brücke herab zu
sehn!
Eine Pappel, sehr alt, hält Obacht.


Hier wurden Lämmer geboren im Frühjahr,
hier zogen Schafe, hier
gibt es das noch: Schäfer und Schur, nächtens
und leuchtend
der Kuckuck!
          Ein Ruf, ein Flug, hell
schweifend
          von Stern
                zu Stern

## Was daraus wird

Die Sonne
ist ein Flüstern
die Knospen hören es
und gehen langsam auf

Die Sonnenstrahlen
sind Fingerspitzen
sie streicheln wieder
Farbe in die Haut

Die Wärme
ist Blut in den Lippen
und glänzende Augen
Frühling treibt
die Menschen aus den Häusern
aufeinander zu
vielleicht einander in die Arme
mal sehen
was daraus wird

## Rote Herzen

Morgen wird alles anders. Ganz bestimmt morgen! Morgen, morgen, nur nicht heute..., Was du heute kannst besorgen, dass... Regina blickte aus dem Fenster. Waren ihre wirren Gedanken jetzt bereits die ersten Anzeichen von Wahnsinn? Ihr Blick wurde angezogen vom Blinken des gegenüberliegenden Fensters. Es war Valentinstag und zwei rote Herzen leuchteten abwechselnd vom Fensterbrett zu ihr herüber. Dahinter erkannte Sie ein Paar. Sie hielten sich fest umschlungen.
Regina seufzte: Die hatten sich gefunden.
Aber was war mit ihr? Ihr wollte der Richtige einfach nicht begegnen.
Dabei fand sie sich gar nicht mal hässlich. Na gut, sie war etwas groß geraten, das ließ ca. 30 % der potenziellen Interessenten ausscheiden. Na ja, und das Wort „Bohnenstange" hatte auch noch niemand mit ihr in Verbindung gebracht. Sie hatte schon vor Jahren den Kampf um die Schokolade aufgegeben. Hatte sich sozusagen ergeben. Viele sagten, ihre Stimme passt nicht zu ihrem Äußeren und sie hätte gut die Synchronstimme für Mickey Mouse abgeben können. Aber was sollte sie machen? Extra deswegen mit dem Rauchen anfangen? - Nee, nee.

Sie drehte sich vom Fenster weg und starrte in den Spiegel, der an der Wand hing. Ihr Gesicht war schön. Engelhaft, hatte ihre Oma immer gesagt. Außerdem war sie belesen und hatte einen guten Musik-Geschmack. Sie besaß eine gute Allgemeinbildung und sie reiste gern. Und zwar nicht allein!!!

Es musste etwas passieren. Wie konnte sie in dieser großen Stadt jemanden kennen lernen, außer stundenlang, einsam und gelangweilt in einer Bar zu hocken und zu hoffen, dass jemand sie ansprach?

Ihr kam ein Gedanke, den sie aber sofort verwarf. Oder sollte sie doch?
Sie sah erneut in den Spiegel: „Was meinst du Regina? Wollen wir es wagen?"
Sie wartete die Antwort ihres Spiegelbilds nicht ab und suchte nach einer alten „Prinz". Sie fand eine, setzte sich an den Schreibtisch und formulierte ihre Anzeige:
„35-jährige, nette vollschlanke Löwin sucht Mann zum Fressen."
Oje, dass konnte sie so nicht stehen lassen.
„...sucht Mann zum heiraten?"
Da meldete sich bestimmt niemand.
„...sucht Mann für nette Stunden?"
Das konnte man auch falsch verstehen. -Shit, was sollte sie nur schreiben? Sie kaute eine Weile auf ihrem Stift herum, dann drückte sie entschlossen die Spitze wieder auf das Papier und schrieb:
„...sucht männlichen guten Freund mit Humor. Spätere Beziehung nicht ausgeschlossen."
Ja, genau das suchte sie.
Sie tütete den Brief ein und, damit sie es sich nicht anders überlegte, brachte sie ihn gleich zur Post.
Die Sonne schien und lies die kalte Februarluft angenehm mild werden.
Auf dem Rückweg packte sie die Lust, noch einmal durch die Fußgängerzone zu schlendern.

Auf dem Alten Markt war wieder ein Stadtfest. Der Duft von Zuckerwatte und Bratfett stieg in ihre Nase.

Sie spürte, dass sie durstig war und stellte sich kurzentschlossen an einen der Bierstände. Das Bier kam rasch und sie fand noch einen freien Tisch. Von hier aus hatte sie einen guten Blick auf die Massen, die an ihr vorbeizogen.

„Ist hier noch Platz?"

Ein großer kräftiger Mann mit rötlichen Wangen, kleinen Ohren und flaumigen lichten Haar blickte sie selbstbewusst an.

„Ja, ähm, ja, glaub schon."

Erst blickte er sie verwirrt an, aber dann lächelte er:

„Mhm, dann sind sie also allein hier!"

 Sie spürte wie sie verlegen wurde.

„Ja, äh, ja leider," antwortet sie ganz ehrlich, ohne dass sie wusste, warum sie das tat.

Sie sah ihn sich genauer an. Ein Adonis war er gerade nicht, aber...

„Ich bin auch allein, na dann Hallo," unterbrach er ihre Gedanken: „Ich heiße Georg. Und mit wem habe ich die Ehre?"

Regina wurde plötzlich schwindlig, irgendetwas passierte hier. Etwas ganz Komisches. Ein ihr fast unbekanntes Gefühl durchströmte Ihren Körper.

- Es war ein gutes Gefühl.

Sie blickte in die Augen des Mannes und wusste mit beruhigender Gewissheit, dass es nicht das letzte Mal war...

*

## Frühlingsverlangen

Mich treibt ein still Verlangen,
den Frühling einzufangen,
die Knospen und die Blüten,
vorm letzen Frost behüten.

Wenn alle Pflanzen sprießen,
so last uns doch genießen,
die wundervolle Pracht,
die froh und heiter macht.

Die Wipfeln von den Bäumen,
verführen uns zum Träumen,
mit ihrem frischen Grün,
die Wolken nordwärts ziehen.

So leicht fällt uns das Atmen
und jede Art von Taten,
in dieser lauen Luft,
gewürzt mit Blütenduft.

So manches neue Leben,
kann jetzt und hier entstehen,
so manche alte Liebe,
entflammt durch neue Triebe.

Der Frühling der geschenkt,
die Welt zu Neuem lenkt,
er küsst uns zärtlich wach,
nur Augen auf und lach.

## Frühlingserwachen

Wenn der Frühling kommt, dachte Vera im November, dann werde ich verstehen.

Ein paar Tage später fuhr sie zu ihren Eltern, saß in der Küche und hörte sich an, dass sie sich trennen wollten. Es war beschlossene Sache, unverrückbar.

Für Vera kam das überraschend, aber ihr jüngerer Bruder, der noch bei den Eltern lebte, sagte, dass es absehbar gewesen sei, schon lange. Dass sie seit Jahren wiederholt hätten, dass sie nur noch der Kinder zuliebe weitermachen würden, weil es besser für sie sei.

Aber du wohnst ja nicht mehr hier, sagte der Bruder, und bekommst das alles nicht mit. Er sagte das vorwurfsfrei. Vera überlegte, was es für sie bedeuten würde, wenn sich die Eltern trennten und stellte erstaunt fest, dass es nur wenig bedeutete. Im Großen und Ganzen würde sich nicht viel ändern. Ein Familienleben gab es auch jetzt schon kaum mehr, nichts gemeinsames, das man tat. Nur Geburtstage, Weihnachten. Aber da die Eltern, wie sie so in der Küche saßen und von ihrer Trennung erzählten, nicht zerstritten wirkten, könnte man diese Tage auch weiter gemeinsam begehen, dachte Vera. Und würde wahrscheinlich noch nicht mal einen Unterschied merken. Vera fuhr nach Hause. In ihre eigene kleine Wohnung, wo ihr Freund schon auf sie wartete. Er war meistens bei ihr, denn in der WG, in der er lebte, hatte man keine Ruhe für sich.

Sie erzählte ihm die Neuigkeiten und sagte, dass ihre Eltern jetzt die Köpfe voll hätten. Voll mit ihrem eigenen Leben.

Er war nicht enttäuscht darüber, nahm sie in den Arm, und dann liebten sie sich.

Im Dezember dachte Vera, dass die Zeit zu langsam verging und es bis zum Frühling noch so lange dauerte. Sie empfand alles als unvorstellbar.
Aber dann kam ihr Bruder vorbei und ließ sie das Tagezählen vergessen. Er teilte ihr mit, dass er sich entschlossen hatte wegzuziehen, weit weg, ganz weit. Dass er schon alles in die Wege geleitet habe und es besser so sei, für ihn, weil er den Streit der Eltern nicht mehr erleben wollte, weil er frei sein wollte, aufbrechen und atmen.
Vera wusste nichts von einem Streit der Eltern, hatte gedacht, sie hätten ein friedliches Einvernehmen. Aber ihr Bruder sagte, es sei anders und klärte sie über die Wirklichkeit auf. Über eine Wirklichkeit, der er nun entkommen wollte.
Nachdem ihr Bruder wieder gegangen war, übergab Vera sich. Sie merkte, wie viel mehr sie den Wegzug des Bruders bedauerte als die Trennung ihrer Eltern, wie ungleichgewichtig ihre Gefühle waren und wie verloren sie sich fühlte. Als würde die Entfernung zwischen früher und heute plötzlich sprunghaft anwachsen. Denn so wie es jetzt noch war, würde es nicht mehr lange sein. Sie lebte auf den letzten Ausläufern eines Teppichs, der schon fadenscheinig war. Und der kommende Frühling war noch fern.

In diesem Bewusstsein ging das Jahr zu Ende. Man feierte noch ein letztes Mal Weihnachten im Familienkreis, tat sich angestrengt zusammen und bemühte sich um Normalität. Viel gesprochen wurde nicht.

Dann zog der Bruder weg, und Vera ließ sich von ihrem Freund trösten. Was nur manchmal gelang.

Aber ab jetzt wird alles schneller und einfacher werden, dachte sie Januar. Jetzt ist das neue Jahr schon da und ich werde bald begreifen.
Aber sie hatte sich geirrt, denn nichts wurde einfacher. Die nächste Entscheidung der Eltern stand an, traf sie wieder unvermittelt. Sie wollten das gemeinsame Haus verkaufen, das Haus, in dem Vera aufgewachsen war. Ihr macht mich heimatlos, warf sie ihnen vor, ihr macht alles kaputt, löst auch meine Vergangenheit auf. In ihre Betroffenheit mischte sich Entsetzen, in ihr Entsetzen Wut und mehr blieb schließlich nicht zurück.
Die Eltern fanden, sie übertreibe. Da waren sie sich ein letztes Mal einig, bevor sie begannen, die Kartons zu packen und das Haus zum Verkauf anzubieten.
Vera fühlte sich entwurzelt, schaute den Möbelwagen mit leerem Blick hinterher. Danach verkroch sie sich in ihrer Wohnung, ging tagelang nicht mehr vor die Tür und wochenlang nicht in die Uni. Ihr Freund war immer seltener bei ihr. Er sagte, er wüsste nicht mehr, wie er helfen solle und könne es nicht länger mit ansehen. Du lässt alles um dich fallen, lässt auch dich selber fallen und mich und uns, bemühst dich um nichts mehr, ärgerte er sich und ging mit Freunden auf eine Party.
Als er im Morgengrauen zurückkam, stritten sie weiter. Und sie stritten sich auch noch durch die nächste Woche und die darauf folgende. Vera wusste schon bald nicht mehr, ob es noch um ihre Reaktion auf den elterlichen Hausverkauf ging oder ob nicht längst etwas ganz anderes in Frage stand. Ihre Beziehung, ihr Miteinander, ihre Zukunft.

Und der Februar gab ihr Recht. Ihr Freund blieb immer öfter in der WG, sprach von heilender Distanz, dann zeitweiliger Beziehungspause und am Ende des Monats fiel schließlich das Wort Trennung. Vera hätte nicht sagen können, wer dieses Wort als erstes auf den Lippen geführt hatte. Aber nun war es da und überraschte sie nicht. Dieser Frühling wird uns nicht mehr zusammen erleben, dachte sie, kostete diesen Gedanken vor, schmeckte ihn ab und spürte, er wog nicht nur schwer. Er lockte auch.

Anfang März war zwischen ihnen alles geregelt, und jeder ging seiner Wege. Vera mit einem Surren im Bauch, einem Kitzeln, erwartungsfroh.
Der Frühling, dachte sie, es ist die erste Ahnung des Frühlings, und ich bin bereit zu verstehen. Sie wärmte sich an dieser Vorstellung und dem höher steigenden Lauf der Sonne. Und sie fühlte sich nicht mehr alleine.
Sie machte Pläne für das Jahr, besuchte ihre Eltern in ihren getrennten Wohnungen, telefonierte regelmäßig mit ihrem Bruder, überbrückte das Fernsein, ging wieder in die Uni und arbeitete dort und spazierte an den Nachmittagen durch die milder werdende Luft nach Hause in ihre kleine Wohnung.

Ihr ging es gut. Und im April war es plötzlich soweit. Ein kurzer kräftiger Tritt ließ sie alles verstehen. Das Kind war wirklich und im Frühling erwacht. Vera strich sich lachend über den Bauch. Das Abenteuer hatte begonnen.

*

## Wo kommst du her?

Mitten in diesem
spät und zaghaft
einsetzenden Frühling

stehst du auf einmal da
wippend auf dem Bürgersteig
an diesem Samstag nachmittag

(an dem alle Geschäfte schließen
die Zeitgenossen schon lange
stumm vor der Glotze hocken)

mit strahlendblauem Gefieder
( wie schön du bist! )
unter regenverhangenem Himmel.

Wo kommst du her, Vogel?
Doch nicht etwa vom Paradies
aus dem wir vertrieben wurden?

Ich saß am Steuer.
Als ich den Kopf hob
warst du schon nicht mehr.

Hatte ich dich nur geträumt?

## Drachenflug

Lass ihn fliegen, ohne Ziel – und er entgleitet meinen Fingern. Ein kleines erschrockenes Zweifeln, dann lache ich darüber und freue mich. Endlich kann er eintauchen in den Wolkennebel und die Welt von ganz oben sehen. Ob er das überlebt? Bestimmt nicht. Aber er stirbt einen Freiheitstod.

Einfach geradeaus, einmal um die Welt. Kennst du das, wenn der Wind im Haar deine Sinne streichelt? – Ja. – Und erst die Farben! Das Abendrot, eine Schüssel voll süßer Erdbeeren. Sag, schmeckt es nicht wunderbar? Komm, lass uns zu den beiden Bäumen rennen, die da im Feld stehen. Die Gräser kitzeln unsere Füße.

Wir liegen da und schweigen. Rock'n'Roll in deiner Seele – du lachst: Ich mag auch Beethoven. Stell dir mal vor, was wir alles hören können. Das Licht schaltet sich aus, finster, die Masse tobt. Und dann, dein Hörsinn: leises Kichern, ein Summen, in der Ferne der Glockenschlag der Kirche, Flüstersprache der Lüfte, plötzlich ein Schlagzeug und eine Gitarre. Gott hat uns Rock'n'Roll gegeben. Während du noch mit geschlossenen Augen lauschst, berühre ich deine Lippen mit meinem Mund. Ich schmunzle und halte dir die Ohren zu. Spürst du die Berührung, den Luftzug, den kleinen Käfer, der dir gerade über den Arm krabbelt?

Weglaufen: Wohin, das weiß ich noch nicht. Das nächste Ziel ist irgendwo am Horizont. Besuchen wir ihn, bestimmt weiß er mehr.

Lass ihn fliegen, hast du gesagt. – Ja, aber wir sind doch keine Drachen! – Na und? Atme doch einmal tief ein, riechst du es denn nicht? Den ersten Blumenduft, den

Frühling, dein Leben, mich und dich? – Na gut! – Ich
lache. Überredet.
Ich nehme dich an die Hand und wir laufen zum Wald,
schnell und stolpernd, mit einem Regenbogen im Kopf.
Unsere Haare wehen, das Tuch flattert, kleine Grübchen,
unsere Arme und Beine tanzen voran, ich zwinkere dir zu.
Wusstest du, wieviel Bewegung es gibt? – Nein. – Ich
auch nicht.
Ein Hase springt über das Feld, am Himmel ein kleiner
Vogelschwarm, die zarten Blüten rasen an uns vorbei.
Was ist Blau? Ich sehe etwas, das du nicht siehst. Magst
du auch Erdbeeren? – Ich mag Beethoven und
Rock'n'Roll.
Grüne Blätter werfen lustige Schatten und der
Sonnenstrahl flackert wie die Taschenlampe von früher,
als wir auf dem Dachboden Schatzjäger spielten.
Was suchen wir heute? – Den Horizont! – Ach ja. Sag
Bescheid, wenn wir da sind.
Unter unseren Füßen springen die Steinchen, ich befühle
die Rinde des Baumes und atme deinen Duft. I love it
loud. Mal sehen, wer schneller ist, auf die Plätze!
Rotorange fliegst du davon – warte, warte. Deine Augen
funkeln, ich betrachte sie gern. Gut, dann gib mir deine
Hand. Hüpfen wir über den Bach oder hinein? Das
Wasser spritzt platschend in die Luft, ich quieke und
erschrecke den Vogel, der auf dem jungen Ast sitzt.
Laufe, laufe! – Und wie Pferde galoppieren wir, lassen die
Zeit hinter uns. Wir könnten uns von der Autobahnbrücke
stürzen – na los! Ich mache große Augen und frage mich,
ob du das ernst meinst. Dann lache ich. Komm, gib mir
deine Hand. Du bist zu schnell für mich, ich fliege hinter
dir her – warte, Beethoven.
Ein Glück, dass wir so vieles können. Wir schlagen uns
durchs Gebüsch und springen über die Holzschranke.

Hörst du das? Die Schlagader der Moderne, schade nur, dass sie so stinkt. Ich gebe dir einen Kuss auf die Wange – für was braucht man schon Geld, komm. Wir halten den Daumen in den Wind und steigen ein. Im Radio spielt eine Gitarre.
Wir fahren dahin, die Zeit rauscht an uns vorbei. Ich blicke aus dem Fenster zum Himmel: Schau, rufe ich, da fliegt er – unser Drachen!

*

**Morgen**

Sonnenkinder
küssen
die Silbertau - Strähnen
von den Wiesen
zum Präludium
der Morgenvögel.

Öffnen
die Blumen
und füllen sie
mit goldenem Licht.

Sie lachen
vom Himmel
in den Bäumen
circen
mit den Flusswellen.

Entzünden
die Lüfte.

## Museum Olmedo*

Hast du schon mal
einen balzenden blaugrünblitzenden Pfau,

nein, nicht nur einen,
gleich mindestens vierzehn ihrer Art,
in einem Garten
voller Orangenbäume,
und die Orangenbäume
trugen dicke saftige
orangefarbene Früchte,
gesehen, gefühlt,
eingeatmet?

Mir fließt noch jetzt
die Wonne aus meinem
Mund.

Gern würde ich die Kieselsteine
auf dem Hof fragen,

wen sie in diesen Jahren getragen,
was sie in diesen Jahren gesehen,
was sie gehört, gefühlt, gerochen haben,
als die Pfaue nicht allein
beim Balzen waren.

---

* Museum Olmedo in Xochimilco, Mexiko-Stadt

## Frühling im November

Mittlerweile war wieder der Herbst ins Land gezogen. An einem schönen Sonntagnachmittag im Oktober tauchte die Sonne den Wald des Niendorfer Gehölzes in warmes, goldbraunes Licht, dessen Strahlen hier und da durch einige Öffnungen der noch dichtbelaubten Bäume auf den Boden trafen. In dieser Jahreszeit, die den verklungenen Sommer und, durch die früh einsetzende Dämmerung, den nahenden Winter auf wunderbare Weise miteinander verband, fühlte sich Michael Degenhardt neuerdings am wohlsten. Hier oder auf dem Gelände rund um das Hamburger Planetarium ging er am liebsten spazieren oder mischte sich als einer von vielen unter die zahlreichen Jogger, um sich von seiner Arbeit als Anwalt zu erholen; manchmal lief er mit Bekannten, meistens jedoch allein. Mit seinen dreiundvierzig Jahren hatte er eine Menge erreicht: Er galt bei Kollegen, Mandanten und Prozeßgegnern als überaus tüchtig und erfolgreich, sah dazu recht ansprechend aus und verdiente eine Menge Geld. Und doch gab es etwas in seinem Leben, das ihn, wenn auch nicht mißmutig, so doch bisweilen melancholisch stimmte; und das war der Grund dafür, daß er der dunklen Jahreszeit entgegenfieberte, in der alles Leben sich zurückzog.

Am nächsten Morgen galt seine Aufmerksamkeit wieder den fremden Interessen, die er vertrat. Die Damen am Empfang waren bereits in ihre Arbeit vertieft und nickten freundlich. Nur Katrin, die sie vor sechs Monaten eingestellt hatten, starrte ihn immer mit weit aufgerissenen Augen und leicht geöffnetem Mund an,

wenn sie ihn sah; offenbar war er genau ihr Typ.
„Hallo Micha", begrüßte ihn sein Sozius Horst
Winkelmann auf dem Flur der Kanzlei. „Wie war's
Wochenende?"
„Gut soweit. Und bei euch, alles im grünen Bereich?"
„Klaro. Wir war'n 'n büschen schippern, nach Glückstadt,
nicht so weit", erwiderte Horst und verschwand im
Aufenthaltsraum, um sich Kaffee zu holen.
Mit 'wir' meinte er seine Frau Ulrike und die beiden
Kinder. So manchesmal hatte Michael davon geträumt,
auch eine Familie zu haben, und Horst beneidet.
Stattdessen blickte er auf eine längere Kette mehr oder
weniger glückbringender Amouren zurück, die im
Frühjahr begannen und, wenn es hochkam, den Sommer
über hielten. Horst war sein bester Freund und zugleich
der einzige Mensch, mit dem er bisweilen über seine
Gefühle sprach, was dieses Thema betraf.
„Ich weiß gar nicht, was Du hast", hatte der ihm erst
neulich lachend erklärt. „Die Frauen umschwärmen Dich
wie Fliegen die Sch..., na, das paßt zwar nicht ganz, aber
der Effekt ist doch derselbe, wenn Du mich fragst."
„Und wenn sie es satt haben, fliegen sie davon. Laß mal,
ich fühl' mich hinterher auch immer wie so'n Haufen
Unglück. Das ist nichts auf die Dauer. Glaub' mir."
„Dann geh doch zu einem dieser Institute und laß Dich
einschreiben. Schlimmer kann es dadurch sicher nicht
werden. Lernst bestimmt viele Interessenten kennen. Und
wenn gar nicht anders - dann buchst Du es eben als
Bereicherung für Dein Kuriositätenalbum; da müssen ja
nicht unbedingt immer nur neue Gesetze aus Brüssel und
Berlin hinein."

Nach dieser Antwort war Horst grinsend in seinem
Arbeitszimmer verschwunden, als Michael, ebenfalls

grinsend, zum Spaß ausholte, um den zwei Kilo schweren
BGB-Kommentar in seiner Hand nach ihm zu werfen.
„Heiratsvermittlung, der spinnt wohl", murmelte er, als er
wieder an seinem Schreibtisch saß. Am nächsten Tag um
dieselbe Zeit war er erwartungsvoller Kunde eines
namhaften Kupplers, wie er sich seinem Freund
gegenüber scherzhaft ausdrückte.

Der Kuppler gab sich alle Mühe und versprach der
interessierten Damenwelt in vollmundig, aber
wahrheitsgemäß formulierten chiffrierten Annoncen das
große Glück, die Chance ihres Lebens.
„'Erfolgreicher Rechtsanwalt, promoviert, 43 J.,
blendende Erscheinung, humorvoll,
gebildet....vermögend, mit eigenem Haus,
Porschefahrer....hat das Alleinsein satt und sucht
„Sie"...für eine ernstgemeinte, dauerhafte
Verbindung.....um gemeinsam durchs Leben zu gehen'. -
Die haben doch 'n Vogel", schüttelte Michael den Kopf,
als er abends zu Hause eine seiner Anzeigen im
Abendblatt las. „Wieso hat er das so geschrieben? Ich
habe ihm gesagt, er soll das anders schreiben. Dieses
verdammte Klischee. Kaum besser als 'Topf sucht
Deckel' oder 'zusammen lachen und weinen wollen';
mein Gott, was die Leute sich alles einfallen lassen."
Es dauerte nur kurze Zeit, und Michael hatte jeden Abend
etwas vor: Essen, Kino, Tanz, Theater, jedesmal mit
einem anderen Vertreter der weiblichen Welt, und
jedesmal umschwärmt, wie er es gewohnt war. Die Frauen
sahen überwiegend recht gut aus und besaßen teilweise
durchaus Niveau. Trotzdem ließ er sich nach jedem dieser
Treffen erschöpft in sein Bett fallen. Das, wonach er sich
sehnte, konnte ihm keine der Kandidatinnen auch nur
ansatzweise vermitteln; eine hatte sogar gelacht, als er

versuchte, seinen Vorstellungen von inniger Liebe ein verbales Gewand umzuhängen. Als er eines Abends Katrin aus der Kanzlei gegenüberstand, die ihn wieder mit leicht geöffnetem Mund und vor Glück glänzenden Augen anstarrte, konnte er sich nicht beherrschen und mußte lachen, obwohl ihm die Sache schon ein wenig peinlich war. Am Tag danach teilte er dem Kuppler mit, daß die Angelegenheit für ihn erst einmal erledigt sei, was dieser sehr bedauerte; gerade eben habe er noch eine Anfrage bekommen, und die Dame sei wirklich sehr nett, auf ihre Weise ganz anders als die anderen, unternehme ebenfalls gern ausgedehnte Waldspaziergänge. Michael bedankte sich nur kurz und legte auf.

Erledigt war für ihn überhaupt nichts. Trübsinnig saß er abends auf der Bettkante. Die Zeit der Abenteuer war für ihn vorbei.

„Es ist, als wenn dir jemand jedesmal ein Stück Fleisch aus dem Körper schneidet oder den nächsten halben Liter Blut abpumpt", so ähnlich hatte er seine Gedanken Horst gegenüber einmal formuliert. „Du fühlst dich hinterher immer leerer. Die meisten interessieren sich nur für die Kohle, das Haus, das Auto oder was weiß ich wofür, oder sie sind einfach nur platt. Zufall, wenn man tatsächlich einmal an die Richtige geraten sollte."

„Es kommt, wie es kommen soll, es gibt keinen Zufall", war die kurze Antwort.

Heute, am letzten Oktobersonntag, joggte er wieder durch den Wald; in einer Woche war November, der schöne November, der Monat, in dem sich nur wenige Menschen nach draußen begaben, in dem es keine oder nur ganz vereinzelt glückliche Paare gab, deren Anblick ihn quälen konnte. Während des Laufs führte er Selbstgespräche.

„Alles ist nie beisammen", keuchte er gerade auf seinem letzten Kilometer, als er sie an einer Wegkreuzung stehen sah - unschlüssig, als warte sie auf etwas oder jemand. Als er an ihr vorbeilief, langsamer als eben noch, lächelte sie ihn mit ihren braunen Augen auf seltsam sehnsuchtsvolle Weise an. Er spürte, wie sein Herz die Kontrolle über seinen Körper übernahm und ihn zur langsamen Umkehr zwang, bis er vor ihr zum Stehen kam.

„Hallo." - „Guten Tag", erwiderte sie freundlich-fragend. Wie fing man so etwas nur an? Schrecklich unbeholfen fühlte er sich. Doch der Gesichtsausdruck der schönen Unbekannten verlieh ihm Mut. Ruhe und Frieden gingen von ihr aus und gespannte Erwartung. Ihr Lächeln hatte nichts Anzügliches oder Schelmisches und war von ganz anderer Natur als jenes, das er kannte oder das man in Illustrierten zu sehen bekam.

„Sie suchen jemand", brach es aus ihm heraus. „Sagen Sie nicht, daß es nicht wahr ist. Also nicht hier und jetzt für den Wald, sondern fürs Leben.. Ich suche nämlich auch. So."

Er wischte sich den Schweiß von der Stirn und erwartete, daß sie ihn auslachte oder wegen der plumpen Anmache zum Teufel schickte.

„Ja." Sie bedachte ihn mit einem ausdrucksvollen Blick, daß ihm schwindlig wurde. „Ja, es stimmt tatsächlich", lächelte sie wieder.

Wie selbstverständlich liefen sie wortlos zu seinem Wagen.

„Haben Sie sich kürzlich bei dem Institut Ahlemüller gemeldet?"

„Ja - woher wissen Sie?", meinte sie glücklich-erstaunt.

*

## Zärtliche Erleuchtung

dein Lächeln
heller als Sterne
deine Augen
wie die blaue See
wie ein ungestümes Frühlingsgewitter
zauberst du
kleine Gefühlsschauer
die sich über mir ergießen
mein Innerstes durchrinnen
in mein Herz tropfen
wie auf einen glühenden Stein
will mehr
von deinen Lippen
fühle, was sie sagen
erkenne die Liebe in
deiner Berührung
die sanft und tief in meine Seele segelt
wie der Hauch
eines Windes
der sich in
den rankenden Blüten
verfängt
und liebevoll
mit den samtenen Blättern spielt

### Iden des März

Farbe um Farbe, die sich
Voll Neugier aus bunten Kelchen
Mutig einem neuen
Frühling entgegen
Streckt, die sonnenentwöhnten
Spaziergänger neckt, die
Auf einmal in Scharen und
Niemals so hungrig
Die hochgeknöpften Mäntel
Öffnen, deren Schwere
Alsbald zu vergessen

Diese wenigen Tage
In den Iden des März

Und über Nacht ist es Wahrheit

## Paradies ohne Kanarienvogel
### (Für Peter)

Es war unser zweiter Frühling, in dem Du aufhörtest zu atmen.

Davor war jener, in dem sich zunächst unsere Worte, dann unsere Wege kreuzten.
Beim ersten Brief waren die Zweige der Birken und der Eiche vor meiner Dachluke noch von nacktem nassem Schwarz.
 Deine Stimme zum ersten Mal am Telefon traf zusammen mit einem hellgrünen Dunst in den Baumkronen.
 Als Du mir in einem Brief die früheste winzige Knospe des Sommerflieders aus Deinem Garten schicktest, war schon flüsterndes Rascheln in den Ästen und ich wusste: hier hatte sich ein neuer Anfang geöffnet wie ein altes Gartentor, auf das man völlig unvermutet beim Spazierengehen in einer geheimnisverwilderten Hecke trifft.

In jenem Sommer wirrten sich unsere Wege so glücklich ineinander dass wir wussten, sie konnten sich nicht mehr trennen.

 Dass Du Dich nur im Rollstuhl bewegen kannst bescherte uns gleich zwei Perspektiven, aus der wir Leben anstaunen konnten. Mit dem Rollstuhl schafften wir es bis auf einen Vulkan. Die starre erloschene Lava ließ uns das Licht und die Wärme zwischen uns noch glühender wahrnehmen.

Wir dachten, das All greifen zu können, hatten die Wolken zu unseren Füßen und wussten, dass alles geht was nötig ist und eine ganze Welt mehr.

Der Winter war knirschkalt und ausgedehnt; zahlreiche Tage waren unbefahrbar, aber für uns war er voll Schneefunkeln, Feuerknistern, Kekskrümeln im Bett und Schneemännern vor dem Fenster.

Wieder Mai, und noch heller grün in uns als der vorherige. Bis zu dem Morgen, an dem Du nicht aufwachtest, meinen Ruf nicht mehr hörtest, keine Berührung Dich erreichte.
 Wer denkt darüber nach, dass wir zum Atmen Muskeln brauchen? Dass sie unangekündigt müde werden und versagen können und das Leben nicht mehr im vertrauten Rhythmus fließt, aus und ein, sondern nur  gefroren leeres Schweigen  bleibt?
Draußen dufteten die Obstbäume nach Glück und Honig, aber das Gellen der Feuerwehr wirkte wie aus der Mitte der Hölle.
 Alle Wege waren abgeschnitten. Nur klamme Furcht noch, und Warten im Abgrund. In einer fremden Wohnung an der Bushaltestelle vor dem Krankenhaus sang täglich am offenen Fenster haltlos ein Kanarienvogel ohne Pause. Bis heute gruselt mich das Geräusch von Feuerwehren und Kanarienvögeln kalt in den Magen. Jetzt waren es Maschinen, die Dich atmeten. Sie ließen Dich nicht allein. Du mich auch nicht: nach Tagen trafst Du die Wahl, wiederzukommen! Der  Rhythmus  zum Leben  neu geschaffen, aus und ein, aus und ein, nur von nun an mit leisem Klappern und nie wieder ohne Fragezeichen. Eine dunkle Ewigkeit, bis Du wieder sprechen konntest.

Das Verlangen nach nur einem Wort von Dir, und sei es
ein ärgerliches! Es gab wieder einen Vulkan zu bezwin-
gen, nur spie er Angst, tonlose Ungewissheit und die
messerscharfe Sehnsucht nach dem Einfachen. Der Weg
zum Gipfel war nicht zu erkennen. Der nächste Schritt tat
sich aber immer auf im Nebel: auf der Bettkante sitzen.
Ein Brot essen. Ein Ausflug auf den Flur. Da Dir das
Sprechen fehlte, schriebst Du Kilometer auf altem
Klinikpapier: Gebrauchsanweisungen für Dich, für die
nächste Stunde. Zu zweit kamen wir höher. Irgendwann
bis nach Hause.

Da war es immer noch Frühling und Du im Garten, mit
der Maschine, kämpftest Dich Minute um Minute für
Tagesfragmente wieder frei von ihr. Nach den Wochen
auf der Intensivstation war für uns beide alles weitaus
grüner, blauer, duftender, summender in diesem Frühling
als jemals zuvor. Wir schafften uns ein Paradies in dem
kein Kanarienvogel singen durfte, aber alles andere es tat,
von Tag zu Tag voller.

Es hat wiederholte Jahreszeiten gedauert bis wir es wieder
auf den Gipfel geschafft haben und  wussten, dass  alles
geht, was nötig  ist, aber immer eine Welt mehr, als wir
zu glauben wagen. Diejenige um uns ist um so Vieles und
Großes erstaunlicher geworden, weil ihr jede Selbstverständlichkeit  ausdauernd verloren ging. Je beschränkter
der Lebensraum von außen, umso weiter und spannender
wird Leben mit Dir von innen. Es ist einer Schneekugel
gleich, deren Inhalt wie bei jenen im Souvenirladen mal
mehr, mal weniger schön ist, jedoch nach jeder
Erschütterung im Licht eines neuen Zaubers schimmert
wenn sich die goldenen, weißen oder bunten Flocken ganz
neu verteilen und das Gleiche sich anders eröffnet.

Alles wird leuchtend durch den Schatz, den wir im Krater
unseres persönlichen Vulkanabenteuers gefunden haben
ohne ihn zu suchen:
Das Bewusstsein, dass alles so wundervoll kostbar und
gläsern zerbrechlich ist wie die Eishaut auf einer Herbst-
pfütze nach dem ersten Frost, wenn der Frühling nur eine
Erinnerung ist und eine Hoffnung und die Wärme Deiner
Hand.

*

## Hoffnung

Das Sein ist Sein,
Der Rest ist Schein.
Worte sind nur Worte,
Illusion der stärksten Sorte
Und himmelwärts ragen verdorrte
Reste meiner einstgen Träume;
Das Gefühl, dass ich nichts versäume
In diesem Leben,
In diesem Streben,
Im freien Fall
Ins graue All.

Doch da: Ein neuer Wind
Erhebt geschwind
Sich sausend in den toten Zweigen.
Brausend sieht die Bäume man sich neigen.
Das Grau des Himmels aufgewühlt,
Die tote Luft wird fortgetragen,
Hinweg vom mächtgen Blau gespült.
Ein klares, reines Atmen – welch Behagen.
Und als der Sturm sich endlich legt,
Selbst totgeglaubte Zweige sprießen wieder –
Im Frühlingstaumel blüht der Flieder,
Verströmt mir seinen Duft gar lind.
Und wenn's nur leere Worte sind –
Ein Wort, das schließlich täuschen könnt' –
So sei es mir trotzdem vergönnt,
Dass füge ich den Satz hinzu:
Der Frühlingswind, der reine –
Das bist Du.

## Frühlingserbrechen

Ein Traum kommt angedonnert
In düster-kalter Stunde
Sitzt die Katze vor dem Fenster
Und der Himmel ist schwarz gemalt

Die Wolken brechen in zwei,
Die Pflanzen brechen auf,
Explodieren und kotzen ihre Farben aus
Muss der Frühling denn nicht schleichen?
Mit weichen, sanften Düften uns beschmeicheln?

Doch bedient er sich des Winters Krachen
Hat ihn längst vertrieben, diesen Schwachen
Frühling, musst Du nicht Erwachen?
Heißt es nicht, du wirst uns sanft
Mit Deinen zarten Wundern über Nacht bestechen?

Dies hier ist ganz ohne Frage
Ein Angriff penetranter Art,
Ein Blütenattentat,
Des Frühlings Erbrechen

## Frühlingserwachen

Die Sonne schien schräg gegen die Scheiben des im Depot geparkten Schulbusses. Silberne Staubkörner tanzten über den Sitzen und draußen, hoch auf der Baumspitze, jubilierte eine Amsel. Gerne hätte Jan Tenbrok für eine Weile dem Gesang gelauscht.

Doch das war undenkbar. Seit über dreißig Jahren war er Busfahrer, immer zuverlässig, pünktlich auf die Minute, davon würde ihn eine Amsel nicht abhalten können.

Jan Tenbrok war ein solider, ein fast langweilig braver Mann, und genau das hatte irgendwann seine Frau bewogen, ihn mit einem weitgereisten, nach Abenteuer duftenden Vertreter zu verlassen.

Die Beziehung war gescheitert und nach einigen Monaten war sie, zunächst reumütig, heimgekommen.

Dass sie gegangen war, hatte Jan ihr verziehen, nicht aber, dass sie zurückgekehrt war. Er fühlte sich gedemütigt. Sie war gestrandet, und nur deshalb hatte sie den Weg zurück zu ihm gefunden.

Aber Jan Tenbrok war kein Grübler, er hatte das Leben stets so angenommen, wie es sich ihm geboten hatte.

Der unversehens aufgekommene Gedanke, sein Dasein zwischen einer unglücklichen Ehe und einem Bus voller missgelaunter Menschen zu vergeuden, bestürzte ihn so sehr, dass er zum ersten Mal in seinem Berufsleben eine rote Ampel überfuhr.

Es war nicht viel Verkehr an diesem Morgen, alles war gut gegangen. Jan Tenbrok hielt vor einer Werkseinfahrt an, um sich zu sammeln. Sein Herz pochte, doch nicht wegen der Gefahr, der er sich soeben ausgesetzt hatte, es war ein anderes, seltsames Gefühl, das er zunächst nicht

einordnen konnte. Er hatte etwas Neues, Ungewöhnliches
erlebt, ohne dass daraus ein Schaden entstanden war. Er
zündete eine Zigarette an.
Eigentlich hätte er jetzt an der ersten Haltestelle sein
müssen. Er stellte sich die ungeduldigen Wartenden vor,
wie sie dort standen und schimpften.
Auch das war neu. Er würde zu spät kommen, erheblich
zu spät, und es machte ihm nichts aus.
Er öffnete die Türen, atmete tief die frische Luft ein und
hatte plötzlich Lust, einige Schritte zu gehen.
Warum er seine Tasche mitgenommen und den Bus
sorgsam verschlossen hatte, wusste er später nicht mehr.
Als er das wütende Hupen der Wagen hörte, denen sein
Bus die Ein- und Ausfahrt versperrte, war er schon ein
gutes Stück entfernt. Er kümmerte sich nicht darum.
Auf einer Parkbank verspeiste er sein Frühstücksbrot,
trank Kaffee aus der geblümten Thermoskanne, die er
anschließend in den Müllkorb warf, und sortierte den
Inhalt seiner abgegriffenen Aktentasche.
Seine Frau hatte ihm das Sparbuch mitgegeben. Er hatte
Geld abheben sollen für die neue Kücheneinrichtung. Sie
kannte sich mit Barzahlungsskonti und Geldanlagen aus
und früher hatte er sie  bewundert, weil sie so klug
wirtschaftete.
Obwohl er sich nicht darüber im Klaren war, was er als
nächstes tun würde, erfreute er sich an der ersparten
Summe.
Nachdem er seine Frühstückszigarette geraucht hatte, ging
er langsam weiter in Richtung Stadt. Er hatte beschlossen,
erst einmal das Geld zu holen, dann würde er weiter
sehen.
Sein Handy klingelte, er warf es hinter einen Busch am
Straßenrand.

Er fühlte sich so frei, wie er es sich nie hatte vorstellen
können.
Die Bankangestellte sah ihn neugierig an, als er das ganze
Geld verlangte, und Jan musste sich zusammennehmen,
um nicht zu einer Erklärung auszuholen, so wie er es sein
Leben lang gewohnt war. Nichts hatte er bisher selb-
ständig unternommen, ohne lang und breit darzulegen,
warum und weshalb. Dann ging er zum Bahnhof, löste
eine Fahrkarte nach Brindisi.

Brin-di-si! Allein das Wort hatte ihn schon immer
fasziniert, hatte das Wenige an Sehnsucht, an Abenteuer-
lust, was in ihm steckte, genährt.
Sein Zug fuhr erst am Abend. Den Tag verbrachte er in
der Stadt, er bummelte, sah sich die Schaufenster an und
ruhte in sonnigen  Straßencafés aus.
Alles kam ihm verändert und köstlich vor. Er war wie
berauscht.
Die Zugreise schien ihm als Erfüllung all seiner Träume.
Er stand am Fenster, genoss das Einfahren in aufregend
fremde Bahnhöfe, die verschiedenen Mundarten der
Durchsagen, am Morgen die ersten italienischen Worte.
Natürlich war auch er vorher gereist. Von den fast all-
jährlichen Urlaubsreisen mit seiner Frau kannte er einen
guten Teil der Pauschalreisewelt, Europa, sogar die
Karibik. Doch nie hatte ihn eine Reise so verzaubert, wie
er es jetzt, fast schmerzhaft, spürte.
Mitunter überkam ihn ein Entsetzen. ‚Was habe ich nur
gemacht?', schoss ihm durch den Kopf, aber das waren
nur kurze Augenblicke, die, ohne dass er weiter darüber
nachdachte, vergingen.
Jan Tenbrok fuhr einem neuen Leben entgegen.

*

**wolke**

wie du wär ich gern
wolke am frühlingshimmel
leicht + schön + weiss
schwebte ein bisschen herum
so über bäume und ebenen
verfing mich
in der dämmerung
am kirchturm ein weile
hörte eulenlaute
+ würde sie verstehn
kleine nichtige geschichten
flügelgeheimnisse
zum leben zu wenig
+ zum sterben zu viel
aber 1 sekunde augenglück
im augenblick

wie du wär ich gern
wolke am himmel

einfach weiss
+ einfach leis

## Frühlingswünsche

In letzten Winterschmerzen
die dunkle Erde bricht,
und unsichtbare Herzen
erwachen, hin zum Licht.

Vorsichtig spitzt ein Hälmchen
aus seinem Erdenbau.
Nun komm, du kleines Schelmchen,
ins lichte Himmelsblau.

An einem Blumenstengel
träumt sanft ein Käferwicht.
Ihn wiegen Windes Engel,
bis dass die Sonn' ihn sticht.

Die wunderbarsten Düfte
verströmen Strauch und Baum,
und ringsum durch die Lüfte
summt es zum Blütentraum.

Goldgelbe Sonnenfinger
verschenken ihren Hauch,
und machen hell
und jünger ---

das wünsche ich uns auch.

## Wenn zartes Lila flüstert

Welch ein herrlicher Morgen! Die Sonne strahlt von einem wolkenlosen Himmel, die Vögel zwitschern aufgeregt. Sabina öffnet das Fenster, lehnt sich hinaus, saugt gierig den Duft dieses bezaubernden Frühlingstages in ihre Lungen. Es ist wie Aphrodisiaka. Der Winter mit seiner strengen Kälte sitzt ihr noch in allen Gliedern, sie war in eine Art Kältestarre gefallen, denn mit dem Einatmen der nach satter Erde duftenden Luft breitet sich jetzt eine wohlige Wärme in ihrem Körper aus. Das Leben beginnt zu pulsieren in den Adern, sie fühlt eine Leichtigkeit, als könnte sie sich gleich von ihrem Fenster aus in die Lüfte erheben. Ein Glücksgefühl kriecht in ihr hoch, sie fühlt sich stark und schön. Schnell läuft sie durchs ganze Haus, öffnet alle Fenster, will ihn hereinschmeicheln lassen, den Frühling. Er soll sich ausbreiten, in jedem Winkel, den Wintermief hinauszüngeln.

Sie muss hinaus, will ihn fühlen, diesen Tag. Mit jeder Faser ihres Körpers.

Die Arbeit kann warten, nichts hält sie mehr. Welch eine Wonne, durch die Straßen zu laufen! Die Sonne umarmt sie wie ein verloren geglaubter Liebhaber, lullt sie ein. Die ersten Krokusse spitzen heraus, ein zartes Lila flüstert: „Es ist Frühling, endlich!"

Es geht ihr gut. Richtig gut. Der Gang ist beschwingt und Sabina hat das Verlangen, etwas Aberwitziges anzustellen. Eine eigenartige Unruhe hat sie ergriffen. Die Menschen lachen sie im Vorübergehen freundlich an, bis ihr auffällt, dass sie dümmlich grinsend durch die Gegend schwebt.

Völlig high von all den Eindrücken setzt Sabina sich vor ein Cafe und bestellt einen Latte Macchiato. Warme Strahlen schmeicheln ihr. Sie beobachtet die Menschen, die an ihr vorübereilen, dann schließt sie die Augen. Im Baum neben dem Cafe zwitschert ein Vogel, entfernt surrt ein Segelflugzeug. Es duftet süßlich. Sie hört das Klipp und Klapp von Absätzen auf dem Kopfsteinpflaster. Sabina trinkt aus und bezahlt, dann schlendert sie über den Marktplatz. Eine seltsame Erregung tobt in ihr. Am Blumenstand kauft sie Tulpen. Welch ein Gelb! Instinktiv riecht Sabina an den Blumen und genau in diesem Moment hat sie eine kleine Eingebung. Schmunzelnd und mit Herzklopfen wandelt sie in Richtung des kleinen Fotoladens mit seinem unergründlichen Besitzer. Immer war sie zu schüchtern, ihn anzusprechen. Sie hat Glück, er ist da und im Moment kein weiterer Kunde im Geschäft. Er begrüßt Sabina mit seinem süßen Lächeln, ein Lächeln wie Vanilleeis mit heißen Kirschen. Bevor sie es sich anders überlegen kann, streckt sie ihm schnell die Blumen entgegen und stammelt: „Für dich!" Er sieht sie verdutzt an. Sie spürt, wie sanfte Röte ihr Gesicht überzieht, stupst ihn fast an mit den Blumen, die er immer noch nicht angenommen hat. „Zum Frühlingsbeginn!" sagt sie, als würde das alles erklären. Er versteht gar nichts, greift aber endlich nach den Blumen, lacht, sagt: „Danke!" Bevor er irgendetwas sagen kann, verlässt Sabina schnell den Laden. Sie rennt davon, erst in sicherer Entfernung wird sie langsamer, ihr Herz rast, aber sie fühlt sich stolz und mutig.
Noch einmal stellt sie sich sein erstauntes Gesicht vor und muss laut lachen. Ein paar Passanten sehen sie verwundert an, es stört sie nicht. Beschwingt setzt Sabina ihren Weg fort und denkt bei sich:
Endlich Frühling!

## Verrückter Frühling

Strahlender Morgen, gleißende Sonne,
Himmel, Blüten, Vögel und Luft,
Wohlbefinden, Lust und Wonne,
lauer Abend, Nacht voller Duft.

Kühne Hände, heiße Blicke,
nackte Haut, sinnlicher Mund,
Seufzen, Lachen, Glück, entrücken,
Lippen gierig, von Küssen wund.

Üppigkeit, Verschwendung, Frohsinn,
glücklich sein und unbeschwert,
irre Dinge tun im Wahnsinn,
nicht beschämt sein, nichts erklärt.

Blumen sprießen
Gefühle genießen
Betten zerwühlen
Frühlingsgefühle.

**Augenblicke**

Augen wie Holunderbeeren.
Und manchmal flattert Deine Seele im Wind,
wie ein Herbstblatt, das vom Frühling träumt.
Deine kleinen, sorgsam gehüteten Brüste
treten behutsam aus dem Dunkel der Nacht,
weiß und zart.

# Ein Lächeln

Ich möchte Ihnen eine Frage stellen. Wann begann der Frühling? Ich wußte, dass Sie das sagen würden. Wir alle kennen das Datum. Der Frühling in diesem Jahr begann am 20. März. Er beginnt doch jedes Jahr am 20. März, oder nicht? Sie sehen mich kopfschüttelnd an, dabei meinte ich mit meiner Frage etwas ganz anderes. Noch einmal. Wann haben Sie gemerkt, daß es Frühling ist?

Wenn Sie auf dem Lande wohnen, ist die Antwort einfach. Als der Wind warm und weich war und Sie zum ersten Mal die Wäsche zum Trocknen nach draußen hängen konnten. Oder in der Nacht, als die Kraniche rufend über Ihr Haus zogen. Als die Wiese am Hang plötzlich voller Schlüsselblumen war oder im nahen See die ersten Wildgänse nach ihrem langen Flug rasteten. Oder als Sie vom Gesang der Vögel wach wurden, lange, bevor der Wecker läutete.

Aber was sagen Sie, wenn Sie in der Stadt leben? Wenn Sie in einem Büro hoch über den Dächern der Häuser arbeiten oder im künstlichen Licht eines Kaufhauses? Wann merkten Sie, daß es Frühling ist? War es an dem Tag, als Sie morgens aus dem Haus gingen und mit hochgeschlagenem Kragen und gesenktem Kopf zu Ihrer Arbeitsstelle eilten, um dem eisigen Wind zu entgehen? Es war so kalt, daß Sie nicht einmal einen Blick zu den acht Kastanien vor der Alten Oper riskieren wollten, um zu sehen, ob die Knospen schon aufgebrochen waren. Und als Sie abends wieder nach Hause gingen, war es warm geworden.  So warm, daß sie Ihren dicken

Wintermantel öffnen und den Schal ablegen konnten. Unwillkürlich gingen Sie langsamer und mit Ihnen alle anderen Menschen. Sie nahmen sich sogar Zeit, um die Schaufenster mit der neuen Frühjahrsmode zu betrachten. Zwei oder drei Vorwitzige hatten sich schon zu einem Drink vor ein Cafe oder ein Bistro gesetzt. Denn da war ein Prickeln in der Luft, wie seit vielen Monaten nicht mehr. Niemand wollte nach Hause gehen.

Wann war das nur gewesen? Wann hat der Frühling begonnen?

Ich kann es Ihnen sagen. Es war am 23.März, genau um 13.11 Uhr.

Ich kam aus Pauls Bistro, wo ich zu Mittag gegessen hatte. Nichts Besonderes. Nur eine Suppe und ein Baguette. Ich stand auf dem Gehweg, zog meinen Mantel an und wollte ihn gerade schließen, als ein Taxi vor mir auf der Straße hielt. Nun ist das an und für sich nichts Ungewöhnliches. Immerzu halten hier Taxen, ohne daß ich darauf achte. Ich weiß nicht, warum ich stehen geblieben bin. Vielleicht ist mir etwas aufgefallen, vielleicht aber war ich einfach nur in Gedanken, schon im Büro. Ich stand also da, wollte mir den Mantel zuknöpfen und sah dabei zufällig zum dem Taxi hin.

Ein Mann stieg aus. Er trug wie ich einen dunkelblauen Mantel, einen zweiten hielt er im Arm. Er drehte sich um, beugte sich leicht zu den Rücksitzen und hielt seine Hand in den Wagen. Eine Hand ergriff sie und dann zeigte sich ein kleiner Fuß in einem schmalen Schuh. Ich sah ein Damenbein, schlank und elegant, das zweite folgte. Und dann sah ich sie. Sie blickte zu ihm hoch, noch immer sitzend. Sie lächelte. Es war ein hinreißendes Lächeln, voller Verheißung. Plötzlich spürte ich Sehnsucht, so stark, daß es mich schmerzte.

Wann hatte mich zuletzt jemand so angesehen?

Schließlich stieg sie aus. Sie war wunderschön. Ihre langen Haare wehten leicht im Wind. Ein kleines Kostüm betonte ihre zierliche Figur. Er zog ihre Hand an seine Wange, dann küßte er sie. Dabei sah er sie immerzu an. Ihre Blicke versanken sekundenlang ineinander. Er nahm ihren Mantel und reichte ihn ihr. Sie überlegte kurz und sah dabei um sich, als wollte sie jede Kleinigkeit dieses Augenblickes festhalten. Ihr Blick schloß alles mit ein. Die Straße, Pauls Bistro, den Gehweg und mich. Aber sie sah mich nicht. Sie hatte nur Augen für ihn. Sie schüttelte leicht ihren Kopf und er behielt den Mantel. Er legte einen Arm um ihre Schultern, zog sie an sich und dann gingen sie eng aneinander geschmiegt fort.

Ich blickte ihnen nach. Noch immer hatte ich meinen Mantel nicht geschlossen und trotzdem war mir nicht kalt, als ich endlich ging. Vielleicht trug ich das Lächeln mit mir mit, vielleicht aber war es der Frühling. Denn plötzlich lächelten alle Menschen. Die Busfahrerin, die an mir vorüberfuhr, Nelly, das Mädchen im Coffeeshop, ja sogar der Portier unseres Bürohauses, alle lächelten. Und da wußte ich es.

Der Frühling in unserer Stadt begann mit einem Lächeln.

*

## Frühlingsanfang

Leise surrend
beschrieb die Kette, gut geölt,
ihren Weg
über das ein oder andere Ritzel des Rades.

Der Morgen brachte bereits
warme Luft mit sich,
seicht und spielerisch
strich sie um meine Arme.

Nach wenigen Minuten des Fahrens
bereits das Gefühl, es dürfe niemals enden;
das Radfahren,
der Wind und
der Frühling.

Die Gewißheit,
daß der Frühling enden würde
saß jedoch, ruhig, duftend, musikhörend und lächelnd
auf dem Gepäckträger hinter mir
und trieb mich an, schneller zu fahren.

Dem Ende entgegen.

## Ein Frühling

Es schneit. Die Sonne reißt ein Loch
in die grauen Wolkenberge.
Ich glaub, der Frühling schafft es doch.
Leis' plätschernd tauen Schneemannzwerge.

Ein alter kalter Wind bläst müde
den letzten Schneesturm durch den Garten,
lässt eine herrenlose Tüte
zur eisigen Ballonfahrt starten.

Sehr ungeduldig klopft 's am Tor.
Verbissen kämpft der alte Winter.
Er schiebt den letzten Schnee davor
und wütend grummelt er dahinter.

Er ruft:" Verflixt! Kannst Du nicht warten?
Du kommst zu früh, 's hat keinen Sinn!"
„Ich muss so früh in deinen Garten,
weil ich nun mal ein FRÜH-ling bin!"

## Ein seltsamer Frühlingsbote

Susanna presste sehnsüchtig die Nase an die kalte Fensterscheibe, wie sehr wünschte sie sich, das endlich der Schnee wegschmolz und die Schneeglöckchen ihre kleinen Glockenköpfe aus der kalten feuchten Erde hoben.
Sie seufzte entmutigt. Mit ihren bereits siebenundzwanzig Jahren hoffte sie jedes Jahr der Frühlingsbote hielte auch eine Überraschung für sie bereit. „Ja ich weiß", murmelte sie leise und traurig vor sich hin, „wer soll sich schon für so eine graue Bibliotheksmaus wie mich interessieren." Wiedereinmal zerfloss sie in Selbstmitleid. Seit ihre Eltern vor zehn Jahren bei einem Autounfall ums Leben gekommen waren, lebte sie allein und zurückgezogen in dem schönen, alten Haus am Rande der Stadt. Plötzlich lief ein angenehmer Schauer über ihren Rücken und obwohl die Fenster fest verschlossen waren, sah sie erstaunt dass sich die weißen Voilegardinen, wie bei einem schwachen Windhauch, leicht bewegten.

Unmittelbar entfaltete sich im Zimmer ein zarter Duft nach Magnolien und Maiglöckchen. „Alles Einbildung" flüsterte sie erschrocken. „Ich bin einfach zu viel allein und muss meine Fantasien etwas im Zaum halten:"
Sie liebte den Frühling, wenn die Natur endlich wieder aus dem Winterschlaf erwachte und sie in ihren heißgeliebten Garten gehen konnte. Alle Zuneigung schenkte sie den Pflanzen. Aber insgeheim, tief in ihr, war da doch so ein klitzekleiner, aufmüpfiger Gedanke: - das da draußen sicher jemand auf sie wartete.
Sofort erschien vor ihrem inneren Auge ein freundliches,

apartes Männergesicht, beschämt färbten sich ihre Wangen dunkelrot. Immer wieder seit fast zwei Jahren kam er in die Universitäts-Bibliothek, seinen Namen kannte sie aus der Kartei: „Michael", flüsterte sie verträumt.
Wie höflich er sie immer behandelte, aber nachdem sie ihm nun schon mehrmals außerhalb des Büchertempels über den Weg gelaufen war und er ihren schüchternen Gruß nie erwidert hatte, wusste sie, dass sie für ihn lediglich ein Relikt darstellte, dass ihm seine Bücherwünsche erfüllte.
„Warum, ach warum, kann ich nicht auch so hübsch aussehen wie andere"?" flüsterte sie. Erschrocken drehte sie sich um als ein leises melodisches Lachen ertönte. „Ist da jemand?" rief sie ängstlich.
Blödsinn, natürlich war keiner außer ihr in dem großen Haus. Plötzlich klingelte es, erleichtert stürzte sie zur Tür, „Gottseidank" endlich wurde sie aus ihren subtilen Träumereien gerissen. Draußen stand eine ältere, sehr gepflegte Frau, sie berief sich auf den Aushang am schwarzen Brett in der Bibliothek: „Zimmer zu vermieten", den Susanna bereits vor Monaten dort angebracht hatte. Aber da sie soweit außerhalb der Stadt wohnte hatte sich nie jemand gemeldet. „Mein Name ist Viola Frühling, ich würde mir den Raum gerne ansehen, da ich für einige Zeit hier in der Stadt bleibe." Susanna fühlte sich sofort zu der sympathischen gutaussehenden Dame hingezogen. Ein bisschen sehr bunt fand sie zwar ihre Garderobe, auch der überladene Blumenhut war etwas gewöhnungsbedürftig, aber über Geschmack sollte man ja bekanntlich nicht streiten. Wieder umschmeichelte sie der Duft nach Magnolien, Maiglöckchen und diesmal roch sie auch noch Veilchen, „eigenartig dachte Susanne, na ja vielleicht steht sie schon lange vor der Türe, dieser Duft ist ja wirklich sehr intensiv.

Viola Frühling lächelte das junge Mädchen freundlich an:
„Na dann lass uns die Sache mal angehen Susanna, ich
darf sie doch so nennen. Susanna nickte erstaunt es ist als
würden wir uns schon lange kennen, dachte sie. Sie führte
ihre Mitbewohnerin  in das gemütlich eingerichtete
Fremdenzimmer. „Küche und Bad müssen wir uns
allerdings teilen", entschuldigte sich Susanna. „Keine
Sorge Kindchen, wir werden vieles teilen. Gemeinsam
lassen wir den Frühling in dieses Haus und in dein Herz."
Susanna träumte in dieser Nacht, wie sie Michael
begegnete und er sich freute sie zu sehen, zusammen
gingen sie zum Eisessen und unterhielten sich angeregt.
Erwartungsvoll wachte sie auf und wollte sich sofort
wieder missmutig zusammenrollen als sie feststellen
musste das alles nur ein Traum war.
Doch nein, woher kam der Kaffeeduft und sang da nicht
jemand. Natürlich, Frau Frühling war ja seit gestern ihre
Mitbewohnerin. Susanna sprang behände aus dem Bett,
nach einer kurzen Katzenwäsche lief sie nach unten in die
Küche.
„Ach ist das schön, dachte sie wenn endlich wieder
jemand im Haus ist." Viola Frühling begrüßte ihre
Vermieterin freundlich. „Ich habe bereits Brötchen geholt,
setzen sie sich mein Kind, es macht mir Spaß sie ein
bisschen zu verwöhnen."
Zum ersten Mal nach vielen Jahren aß Susanna wieder mit
gutem Appetit, Viola und sie unterhielten sich bereits wie
vertraute Freundinnen.


Einige Wochen waren inzwischen vergangen, die Schneeglöckchen nickten mit ihren Blütenkelchen im Wind und
die ersten Krokusse und Hyazinthen spitzten durch die
letzte durchsichtig, dünne Schneeschicht. Viola hatte
einiges im Haus verändert, überall standen Blumen, die

Fenster waren weit geöffnet und ließen die ersten warmen
Sonnenstrahlen herein.
Viola Frühling war eine resolute Person und hatte
Susanna, ohne weiter auf ihren Widerstand zu achten,
zum Friseur geschleppt. Das Ergebnis war phänomenal,
aus ihren langen, stumpfen, rostbraunen Haaren, die sie in
einer strengen, langweiligen Hochsteckfrisur getragen
hatte, war eine leuchtende kupferrote Mähne entstanden,
die ihr in weichen Locken bis über die Schultern fiel.
Auch den Kleiderschrank hatte die emsige Frau Frühling
entrümpelt. Es war ein harter
Kampf gewesen, doch die zielstrebige Mitbewohnerin
ging daraus eindeutig als Sieger hervor. Nun umschmeichelte eine modische, sehr feminine, Garderobe Susannas
schlanke Figur. Aus der grauen Wintermaus, war ein
prächtiger, bunter Schmetterling geworden.

Susannas Gang war beschwingt und ihre grüngrauen
Augen blitzten unternehmungslustig. Auch ihr Traum war
Wirklichkeit geworden, Michael hatte sie bereits zweimal
in die Eisdiele eingeladen. Heute wollten sie im besten
Restaurant zu Abend essen. Viele Männer drehten sich
plötzlich nach ihr um und inzwischen hatte sie auch schon
einige Freundschaften mit gleichaltrigen geschlossen. Das
Leben ist schön jauchzte ihre Seele und Viola ist meine
Glücksfee dachte sie dankbar.
Als sie spät abends von Michael nach Hause gebracht
wurde und er sie auf dem Heimweg immer wieder
umarmt und geküsst hatte, fühlte sie sich wie im siebten
Himmel. Michael musste unbedingt ihre Mitbewohnerin,
der sie das alles zu verdanken hatte, kennen lernen. „Sie
hat mich aus meinem Dornröschenschlaf geholt, " erklärte
Susanna ihm schelmisch, ohne sie würdest du mich immer
noch übersehen."

Auf ihr mehrmaliges Rufen kam keine Antwort. Lediglich ein Briefumschlag lag auf der kleinen Kommode im Flur, er roch nach Magnolien, Maiglöckchen und Veilchen!

*

## Vor dem Osterfest

Hasenmädchen Elenaar
eilte zu der Hühnerschar
um sich für den Ostermorgen
frische Eier zu besorgen
traf den Hahn und fragt sogleich
den Pascha von dem Hühnerreich.


Wozu, um alles in der Welt
hat dich der Bauer eingestellt
du kannst keine Wiese mähen
kannst nicht melken und nicht sähen
willst auch keine Pferde pflegen
und bist zu dumm zum Eierlegen.


Der Hahn erwidert wutentbrannt
mein Lebensinhalt ist bekannt
kannst ja dort die Hühner fragen
sie können tausend Gründe sagen
ich will aus Taktgefühl zuvor
enteile durch das Scheunentor.


Kaum ist der stolze Pascha fort
ergreift die Hühnerschar das Wort:
Früh schon weckt uns dieses Schaf
mit Kikeriki aus tiefem Schlaf
scheucht uns alle kreuz und quer
auf dem Bauernhof umher.

Springt hurtig vor der alten Tenne
besitzergreifend auf 'ne Henne
lässt sich von dem armen Tier
tragen durch sein Jagdrevier
mit Tücke und mit Hinterlist
weil er zu faul zum Laufen ist.


Da meldet Henne Hubertine
Protest an, mit besorgter Miene:
Ohne Pascha stirbt das Leben
es würde keine Küken geben
und Osterhasen, klein und groß
wären bald schon arbeitslos.


Das Hasenmädchen Elenar
eilt zurück zum Elternpaar
ruft entsetzt: Bei aller Liebe
zu diesem Hühnerhof-Geschiebe
da sollten wir uns überlegen
ob wir nicht selber Eier legen.

**Neuronenfeuer**

Wenn Jung und Alt
Mal wieder durchknallen
Weil sie meinen
Sie seien die wahren Bienen
Die den Nektar entrüsseln und schlürfen sollen

Wenn Hormone beim ersten Sonnenstrahl
Nach der letzten durchwachten Winternacht
Geisteskrankheiten evozieren
Der Achtzigjährige sich scheiden lässt
Und die Schülerin den Lehrer verführt
Wachstum Knospen und Knöpfe sprengt
An Blusen und Hosen

Wenn fremd gegangen wird
In Autos auf sonnendurchfluteten Waldeslichtungen
In Mohair-Decken gewickelt an Kurstränden
Nachts bei Vollmond und Meeresrauschen
Vereinigungen zelebriert
Unbedacht Genome gestreut werden
Zur subtilen Erhaltung der Art
Und die heim ins Reich gekehrten Vögel
Sich die Schnäbel verbiegen zum trommelfellreißenden
Gezeter
In deutschen Qualitätslanden

Dann isses mal wieder soweit:

Frühling, oh du mein Lieblingsklischee...

© by Rob Kenius

# Ein kurzer Abenteuerpfad

Schräge Blütenfelder am Horizont, sie verschwimmen mit der einfallenden Sonne, und borstige Bäume weiden sich an den Zäunen. Ein Fuhrweg mit Gras gesprenkelt zieht die Felder von stoppelig-gelb bis saftig-grün über das unrasierte Gesicht eines Landschaftsmalers. Kälte lauert noch versteckt in den Furchen. Etwas wie schwarze Asche, Löwenzahn mit braunen Rändern, Fahrradspuren, ein Stück verrostetes Gras und die tiefe Luft der kommenden Nacht. Der gequälte Rücken des einsamen Reiters.

Eine Böschung mit Abfalltüten und verdorrten Ästen, dahinter das Grölen der Autobahn. Es ist Sonntag, Tausende sind auf dem Heimweg sie jagen, düsen und brettern in die City. Nur ein wildgewordener Ferrari sägt und hustet hysterisch in umgekehrter Richtung in die untergehende Landschaft im Westen.

Der Maler packt seine Staffelei aufs Fahrrad. Das Modell steigt traurig in den roten Renner. Der Reiter sattelt das blaue Pferd mit dem gelbem Hintergrund. Niemand kümmert sich einen Dreck um die Heimkehrer. Das ist der private Nahverkehr im Gegenlicht mit digitaler Kamera eingefangen und abgespeichert, auch als kurzes Video.

Eine Raststätte von hinten betrachtet: Griffige Baumfetzen, Haselnusssträucher, Teerhaufen neben einer grüngestrichenen Kiste, das Klingeln der Registrierkasse, Feierabendwege, Pinkelpfade, Klopapier an den Dornen, quietschende Reifen mit übervollem Tank.

Luftkissenfilterzigarettenhalter. Superkraftstoff.
Ökosteuer.

Der Kreislauf von Rohöl, Geld, Sperma und Pfand-
flaschen wird jäh unterbrochen, als ein Fahrer mit
russischem Akzent die herausgespuckte Tankrechnung
nicht bezahlt, sondern seinen vorgeheizten Super-Trooper
durch die nicht vorhandene Absperrung donnert und
gefolgt von der Motorbraut mit ihrem Ferrarikunden, dem
Sonnenuntergang entgegen, in Richtung Westeuropa
flüchtet. Der Ferrari ist zwar schneller, aber völlig
unbewaffnet. Das Russengespann braucht nur einmal kurz
mit der Walther zu winken, um die Sache mit der
Spritrechnung zu erledigen. Der stolze Hengst überholt
gekonnt, zeigt den beiden Zechprellern die kalte Schulter
der Beifahrerin und erreicht mühelos den nächsten
Parkplatz, noch ehe sich ein Schuss lösen kann.

Ein paar Schritte weiter hat die Dunkelheit uns schon
wieder verschluckt. Vorsicht beim Auftreten, der Unter-
grund ist kontaminiert. Dagegen helfen weder Polizei
noch Politik. Selbst Medien sind machtlos, sie beten nur
ewig das gleiche Paternoster von der Verringerung der
Wohlstandsgefahr, sobald der Aufschwung brummt, aber
er brummt nicht, nicht in diesem Frühling, und nach den
nächsten Wahlen ganz bestimmt nicht mehr, höchstens
kurz davor, unmittelbar vor dem Wahluntergang.

Jetzt wälzen sich riesige, aber in der Dunkelheit beinahe
unsichtbare Wolken über die Anhöhe und verschlucken
unsere Hoffnungen auf eine Erfolgsgeschichte. Doch die
Luft atmet sich frisch und unbegast. Wir werden bald
schon geplagt von einem unerklärbaren Frischegefühl in
der Lendengegend.

Der Reiter mit dem blauen Hengst ist am stärksten
betroffen.

Breit ausgefahrene Schlammfurchen bringen die Nacht-
wandler zum stolpern. Diese Landschaft ist nicht mehr
darstellbar, auch nicht, wenn wir die Farben direkt aus
den Tuben auf die Leinwand quetschen, selbst die Kamera
ist bei Nacht ein sinnloser Digitalspeicher. Die Stiefel
kleben in der tiefen Erde, bis wir stecken bleiben.
Es regnet unaufhörlich.

*

### Sehnsüchte

Im Grase liegend neben ihr
Nackt neben nackt auf nackt in nackt
Sonnenschein auf ihrem Herzen
           In ihrem Herzen
Kleine Vöglein kaum flügge
Singend in den Wipfel wartend
Auf Liebende im Grase
Nackt neben nackt auf nackt in nackt
Hektische Körper, bewegte Körper der Natur
Wärme überall, Hitze überall, Schweiß überall.
Röslein im Wind, Röslein in mir.

Micha 1/05

## Paarzeit

Max Goldt hat einmal gesagt: "*Der Frühling piepst wie eine Digitaluhr*", und ich gebe dem Mann uneingeschränkt recht. Die Geräusche werden schriller, das Licht wird greller. An den Tankstellen und Werkstätten die Warteschlangen die armen Irren, die jetzt in genau dieser Sekunde ihre Sommerreifen aufgezogen haben möchten. Warteschlangen an den Autowaschanlagen, Hupen, Lärmen.
Ein offenes Cabrio braust vorüber, bei gerade 12°C!, aus den Boxen plärrt der Climie-Fisher-Hit "*Love changes everything*", was für ein Schwachsinn.
Alles gellt, alles ist plötzlich schrill und bunt.
Wie wünsche ich mir die Graupelschauer zurück!
Der Pöbel sieht sich bemüßigt, trotz der noch winterlichen Temperaturen halbnackt und betont lässig herumzuschlendern, die Nieren-und-Nabel-Fleischbeschau ist wieder angesagt. Dann die Pärchen, die Hand in Hand herumwanken, um der Welt zu zeigen: Seht nur, wir sind an den verschwitzen Flossen zusammengewachsen! Alle paar Meter halten sie ein, um sich die Zunge in den Mund zu stecken, am coolsten ist es wohl, wenn man die Lippen nicht aneinander preßt, sondern wenn Umstehende den Ringkampf der Nacktschnecken von außen verfolgen können, als Opfer und Augenzeuge in einer Person. Ich blicke weg, nach unten und sehe Hundekot, der unter einem Berg Schnee überwintert hat, frage mich, was widerlicher ist.
Ich will nur fort, doch wie kann man vor einer Jahreszeit fliehen, die so mit Macht kommt?
Abgestoßen lausche ich auf die sinnfreien Dialoge.

*Wir, wir, wir!*
*Uns, uns, uns!*
Ja, das Individuum ist ausgelöscht, paart euch doch um den letzten Rest Verstand!
Ich bin von alledem angewidert.


In einer Schaufensterscheibe sehe ich halb mich, halb die Auslagen.

Ein mittelgroßer Typ starrt mich aus tief liegenden Augen an, die Schaufensterpuppe glotzt durch Polyestersträhnen zurück, sein Haar ist schon ein wenig schütter, obwohl er kaum Mitte 20 ist. Ein T-Shirt in einer schrecklichen Frühjahrsfarbe mit Glitterapplikation, das nicht einmal bis zum Nabel reicht, sein grauer Mantel ist eine Rüstung gegen die Kälte, gegen den Frühling und den Irrsinn rundherum. Zu dem Shirt trägt man eine passende Hose in gleicher Farbverirrung, wahrscheinlich in aktueller Neun-Dreizehntel-Länge, seine Jeans trägt er seit zwei Wochen. Dazu gibt es Tennisschühchen in Babyfarben "zu Hammerpreisen", natürlich ohne Socken, seine Schuhe sind mit Stahlkappe, weil es einfach sicherer ist.


Ein Pärchen zuckelt heran, ich bin bereit zur Flucht. Sie mustert die Auslagen, entdeckt Bettwäsche im "top-aktuellen Spring-Look" mit Margeriten um das Prozente-Schild.
"Laß *uns* doch mal hier reingehen, *wir* wollten *uns* doch noch was Schönes für *unser* Bett kaufen, Schatz!" piepst sie wie eine goldtsche Digitaluhr, strahlend verschwindet das Vorzeige-Pärchen von der Bildfläche. Ich kann sie vor meinem geistigen Auge in ihrer "Spring-Look"-Bett-wäsche liegen sehen, ihr Kopf auf seiner Brust, beide lächeln leicht debil, ein Bild, direkt aus dem Werbe-prospekt der Hölle.

Ich will ausspucken, doch mein Mund ist zu trocken. Der sich spiegelnde Typ macht ein Gesicht als hätte er Sodbrennen.

"He Fango!", ruft es über die Straße.
Daß einen die Leute nach dem Abi immer noch so nennen! Fango! Nur weil man mal in der Zehn in den Matsch gefallen ist!
Auf der anderen Straßenseite winkt Desirée 'Disse' Helmbrecht.
Ich spüre, wie mein Gesicht sich zu einem Lächeln verzieht.
Disse! Wir mochten uns schon früher.

"He Disse!", rufe ich. Sie sieht ja verdammt gut aus, sogar besser als damals beim Abi. Hat ihren Stil perfektioniert.
So komplett in Schwarz der offene Mantel, das Minikleid, die Stiefel, die Haare, die in der Sonne glitzern wie Kohle, der schwarze Kajal und der Lippenstift.
Ich schlendere rüber, ein Auto bremst, hupt, egal, sie lacht.
"He Fango! Was für ein Glück, dich mal zu treffen – gut siehst du aus" redet sie los. Sie scheint wirklich mich zu meinen, hier ist sonst kein anderer Fango. Wir drücken uns.
"Hee!", sage ich nur und grinse wie ein Honigkuchenpferd. "Warst in Berlin studieren, oder?"
"Yes!", haucht sie. Understatement pur.
Brrr, macht es in mir, das war ihr Hauchen.
"Und du?", fragt sie anscheinend ehrlich interessiert.
Ich versuche es mit der Kurzform. Das abgebrochene Studium, die Arbeit im "Gulag", dann der Wechsel in die andere, "gute" Firma, in der ich jetzt arbeite.
"Toll!", sagt sie und meint es wohl auch so.

Wir plaudern, reden über Schule, Lehrer, über Ekkehard 'Maniac' Schöller und wer uns so alles in den Sinn kommt. Plötzlich sitzen wir in einem Café und reden weiter.
Ihr Blick hat was Hypnotisches, war mir nie aufgefallen. Einen Eisbecher und zwei Milchkaffee später lachen und quatschen wir immer noch. Süß, wie sich ihr schwarzer Mund asymmetrisch verzieht, wenn sie lächelt.
"Hast du Lust noch mit zu mir?", fragt sie. "Ist um die Ecke." Sie ist so erfrischend!
"Klar!", kichere ich, ich habe mich, glaube ich, seit langem nicht mehr so wohl gefühlt.


Ihre Wohnung ist winzig und vollgestellt mit dem verrücktesten Tand, den ich je gesehen habe, ein Museum der Kulturen der Welt. Jede Fläche ist proppenvoll mit Figuren, Schnickschnack, Plunder.
Wir setzen uns aufs Bett, sie kramt unter einem umkippenden Stoß Zeitschriften unsere Abizeitung hervor, wir halten uns beim Durchsehen die Bäuche vor Lachen.
Was für eine wunderbare Zeit damals, was für eine scheiß Zeit.
Beim Umblättern berühren sich hie und da sacht unsere Hände.
Brrr, macht es in mir, das war ihre Hand.
Plötzlich ist da dieser Blick, der meinen nicht mehr losläßt.
Ich falle fast in ihre grünen Augen.
Und dann küssen wir uns.
Sogar verdammt gut, als wäre es nie anders gewesen.
*Es war als hätt' der Himmel die Erde still geküßt.*
Verrückt, an was man in so einem Augenblick denkt. Ich kann nicht sagen, daß ich noch mehr gedacht habe als diesen einen Satz Eichendorffs.

Sie trägt unter ihrem Kleid schwarze Spitze, klar. Sie fühlt sich so verdammt gut an. Ohne daß ich sagen kann, wie es passiert ist, sind wir nackt. Ihr martialisches Drachentattoo über Schulter und Arm bis hin zur linken Brust bedecke ich mit Küssen.

Ich komme sogar mit dem Präser klar, den sie hervorzaubert und plötzlich schlafen wir miteinander und es ist das Richtigste, Perfekteste – man verzeihe mir dieses eine mal die falschen Superlativbildungen – was in diesem singulären Moment der Welt nur passieren kann.

Wir liegen eine Weile beieinander, sie auf dem Bauch, ich zeichne mit dem Finger den Schweif des Drachens auf ihrer Schulter nach. Wir küssen uns wieder, streicheln uns, schlafen wieder miteinander, halten uns.

"Laß uns noch rausgehen, bevor es ganz dunkel wird", haucht sie.

So zerzaust wie wir sind gehen wir durch die Dämmerung dieses Frühlings. Hand in Hand. Es ist so gut, so richtig, ihre Hand zu halten. Mein Magen macht Sätze, ich blicke zu ihr herüber und habe den unwiderstehlichen Drang, sie zu küssen.

Und wir küssen uns, egal, Passanten strömen an uns vorbei wie Wasser um eine Insel im Fluß.

Ich bin so verdammt glücklich.

Als wir am Schaufenster, unserem Ausgangspunkt, vorbeikommen, deutet sie kichernd auf die Bettwäsche im "top-aktuellen Spring-Look", ich grinse.

Die Straßenlaternen gehen an.

"Scheußlich, oder?", fragt sie lächelnd.

"Grotte!", sage ich und küsse sie wieder, es, sie ist einfach wundervoll!

*

## jungfer im grünen

blauer ritter

spornst mich an
wären wir ein
herzgespann

du mein
liebstöckel
mein spitzwegerich

ich dein
mädesüß
dein ... rühr-mich-

nicht-an!

## Frühlingssorgen!

Lenchen auf der Wiese saß,
wähnt unter sich das grüne Gras.
Auch Blümchen, Kraut und Akelei,
vielleicht ein Kleeblatt noch dabei?

Doch tief in dunkler, fetter Erde,
dass er ans` Licht gelangen werde,
grub ein junger Maulwurfsbengel
so gut und flink durch alle Stängel.

Ein jähes Ende fand sein Tun,
an Lenchens` Hinterteil, was nun?
Welch` spitzer Schrei, das Lenchen lief,
was war da in der Erde, tief?

Maulwürfchens` Nase roch die Luft,
oh, welch ein herrlich Sommerduft.
So schwinden oft im Leben Sorgen,
bevor sie groß genug geworden.

## Ken und Barbie

Sie haben es sicher auch schon gehört. Ken und Barbie. Aus. Scheidung. Nach 43 Jahren glücklicher Ehe. Sicher keine gewöhnliche Ehe, wie bei Ihnen und mir. Durch die mondäne Welt ist man gezogen, gemeinsam war man präsent auf den Topseiten der Hochglanzbroschüren. Und nun das Aus. Man fragt sich: Warum? Wollen Sie es auch wissen? Sind Sie stark genug die schreckliche Wahrheit zu ertragen?
Nun, wenn Sie meinen, dann hören Sie gut zu!

Es war einer jener lauen Frühlingsabende, an dem die erotische Spannung in der Luft greifbar zu fühlen war. Der Mond spendete seinen milden Glanz, Ken und Barbie saßen in ihrer Villa in Designerstühlen vor dem Kamin, in dem ein knisterndes Feuer aus alten Buchenscheiten den Raum mit seinem flackernden Licht in einen rötlichen sanften Farbenschein tauchte.

Barbie räkelte sich bequem und strich mit ihren rot lackierten Fingernägeln über ihr langes, blondes Haar, dass man glaubte, knisternde Funken zu hören. Meistens hatte Ken danach zu ihr gesehen, heute jedoch rührte er sich nicht vom Fleck und starrte weiter versunken in die Flammen. Barbie schlug ihre langen Beine übereinander und begann, ihre Fingernägel das zwölfte Mal an diesem Tag auf Hochglanz zu polieren. Ein schmachtender Blick zu Ken, ein tiefer Seufzer, bisher hatte das immer funktioniert. Heute blickte Ken nicht einmal von den Flammen auf.

Seit Tagen schon war Ken nicht mehr ansprechbar und stierte gedankenverloren vor sich hin. Hatte sich Ken gar in eine andere verliebt? Barbie konnte sich noch gut daran erinnern, wie Nadja, die alte Russenschlampe, sich in ihrem Beisein auf der letzten Party an Ken herangemacht hatte. Schöne Freundin! Gegurrt hatte sie wie ein Täubchen und war ihm nicht mehr von der Seite gewichen. Ja, so muss es sein, seit Sonnabend war Ken wie ausgewechselt. Ob ich ihm wohl zu alt geworden bin? Nicht mehr attraktiv genug? Sicher waren da einige kleine Fältchen, die sich beim besten Willen nicht mehr liften ließen. Doch hatte sie sich stets makellos geschminkt. Kein Mann der Welt hätte die Fältchen danach noch entdecken können. Aber warum gerade Nadja, was konnte die einem Mann schon bieten. Sie hatte gut und gern zwei Kilo Übergewicht und nicht den geringsten Stil, sich zu kleiden. Dazu kann ihr Geschmack, was Parfüm anging. Einfach skandalös! Warum nur Nadja? Sie würde ihr Ken nicht kampflos überlassen! Jetzt und hier wollte sie es noch einmal wissen.

Leise drehte sie die Musik im Radio an und begann vor Ken zu tanzen. Sie zeigte ihre langen makellosen Beine, die durch ihre schicken hochhackigen Schuhe noch verlängert wurden, Schuhe, in denen sich jede normal gebaute Frau in Sekundenschnelle die Knöchel gebrochen hätte. Sie griff in ihren luxuriösen Top und riss ihn sich vom Leib. Hart und fest trotzten ihre Brüste jeder Erdanziehungskraft. Immer schneller drehte sie sich vor Ken und befreite sich anmutig tänzelnd von ihrem knalleng sitzenden Minirock. Ein schwarzer String-Tanga kam zum Vorschein, der wunderschön zu ihren schwarzen, hochhakigen Schuhen passte. Sie hatte nun nicht mehr an als ihre Schuhe, ihre riesigen Ohrringe und ihren Slip. Langsam zog sie auch den vom Körper und präsentierte sich Ken von allen Seiten. Und sie konnte sich durchaus sehen lassen. Ihre Arschbäckchen würden jeden Mann erfreuen, glatt war ihr Bauch und immer noch schön anzusehen waren ihre Brüste. Lasziv lehnte sie am Kamin, der Schein der Flammen leckte an ihrem göttlichen Körper. In ihr schrie alles nach Sex. „Ken, mein Stier, Ken, komm zu mir und gib es mir von allen Seiten, wie früher, als wir noch jung waren!“ Sie war so erregt, dass sie nur noch mit trockenem Mund keuchen konnte.

Ken schien sie überhaupt nicht zu bemerken. Er stierte auf die Flammen und seufzte. Da wusste sie, dass alles vorbei war, all die Jahre an seiner Seite unwiederbringlich zu Ende. Sie weinte, während sie ihren Koffer packte. Sie wollte Ken und seinem Glück nicht länger im Wege stehen. Sie würde gehen und ihn niemals wieder sehen. Nur noch ein letzter Kuss zum Abschied.

„Barbie, was soll der Koffer? Wollten wir verreisen?“ „Nein, Ken, ich ...“ „Barbie, in welchem Aufzug rennst du hier rum. Du hast ja gar nichts an. Viel zu kalt, um so herum zu springen. Und um Schlafen zu gehen, ist es noch viel zu früh.“ „Ken, ich will wilden, leidenschaftlichen Sex mit dir. Seit drei Tagen siehst du mich nicht einmal an. Für ein derart entsagungsvolles Leben bin ich nicht konstruiert. Ken, ich ...“ Aber Ken stierte schon wieder gedankenverloren in die Flammen. „Entschuldige, Barbie, ich habe einen kurzen Moment nicht hingehört. Es war sicher nichts Wichtiges.“ Sie konnte nicht mehr, das war zu viel. Alles, was sich aufgestaut hatte, brach aus ihr heraus. „Es ist Nadja, das Miststück! Gib es zu! Du hast was mit ihr angefangen!“ „Wer ist Nadja, Liebes?“ „Nadja, meine Freundin. Du hast sie auf der Party am Sonnabend kennen gelernt.“ „Am Sonnabend waren wir zu einer Party? Ach, der Sonnabend, der verfluchte Sonnabend...“ Ken wandte sich ab, stierte wieder vernichtet in die Flammen und schien mit sich und der Welt nicht im Reinen zu sein.

Er schien sie wirklich nicht zu kennen. Barbie konnte in dieser Hinsicht sicher sein. Männer waren durch die Bank viel zu blöde, um ihre Gefühle vor ihren Frauen zu verstecken. Jede Frau konnte in ihnen lesen wie in einem offenen Buch. Aber was hatte Ken dann nur? Barbie war verzweifelt.

„Ken, du kannst mir alles sagen. Was immer es auch ist. Ich werde dir alles verzeihen, was immer es auch sein sollte. Ich werde mich bemühen und alles, alles verstehen." „Barbie, du kannst das nicht verstehen, es ist die Hertha." Hertha? Barbies Freundinnen hießen nicht Hertha, sondern Vanessa, Cindy, Mandy und Nadja. Hertha war ein Namen für eine Großmutter. Sollte Ken etwa Sex mit der Großmutter von Mandy haben? Sie hatte im Fernsehen schon davon gehört. Sex mit Greisinnen. War schwer im Kommen. Warum auch nicht. Allerdings war das kein Grund, um Trübsal zu blasen. Sie führten eine liberale Ehe und Ken sollte ruhig seinen Spaß haben. Lange würde er den Versuch ohnehin nicht aushalten und jüngeren Formen den Vorzug geben. „Ken, ich kann dich gut verstehen. Man muss auch mal was Neues ausprobieren."

„Nein, Barbie, du verstehst gar nichts. Die Herta hat am Sonnabend verloren. 3:0 gegen Bayern. Wie soll ich diese Schande ertragen?" „Ken, wer ist die Hertha?" „Hertha BSC, meine Lieblings-Fußballmannschaft" „Fußball, ist das nicht dieses Spiel mit den zwölf Spielern?" „Elf, Liebling." „Elf Spieler, die einem runden Ball hinterher hechten?" Barbie war am Boden zerstört. Außer Sex waren ihr alle Spiele mit mehr als zwei oder drei Beteiligen ganz entschieden zu kompliziert. „Zehn, Liebling, einer steht im Tor. Und die Hertha hat 3:0 verloren. Verloren! Und auch noch gegen Bayern München. Ich kann so nicht mehr weiterleben!"

Barbie lag mit Weinkrampf auf dem Fußboden, Sturzbäche von Tränen liefen ihr über die Schminke. Wegen eines simplen Fußballspieles wurde sie so vernachlässigt und gedemütigt. Ein Heulanfall folgte dem nächsten, bis der Wahnsinn sie von ihren Qualen erlöste. Ken blickte gedankenverloren in die Flammen. Eine Träne rann ihm über das stopplige Gesicht. Ganz leise hörte man ihn sagen: „Meine Hertha, wie konnte das nur passieren?"

Ihr Scheidungsanwalt soll sich rührend um sie gekümmert haben. Schon nach der fünften Sitzung Anonymer Fußballfan Co-Geschädigter konnte sie wieder sprechen. Nach ihrer Scheidung soll sie in Australien leben und bereits wieder nach einem neuen Partner Ausschau halten. Ansprüche an ihren Zukünftigen stellt sie keine. Gut, einen kleinen, aber eine Frau wie Barbie darf sicher einen kleinen Wunsch haben, wenn sie den Mann fürs Leben wählt. Er sollte vermögend sein, Stil haben, gepflegt auftreten, weltmännisch sein, interessant erzählen können, sanft sein und wissen, was Frauen wollen, ihre kleinen Launen klaglos ertragen, einen guten Schneider besitzen, nicht geizig sein, gut zuhören können, wenn sie ihm etwas erzählt, sich für ihre Kleider interessieren, ein schickes Auto fahren, einfühlsam und humorvoll sein, elegant wirken, im Sattel eine gute Figur machen, sich in der großen Welt auskennen, den Haushalt erledigen und gut kochen, gerne reisen und gut tanzen, belesen, kultiviert und sportlich sein und männliche Ausstrahlung besitzen und sich selbstverständlich nicht im Geringsten für Fußball interessieren.

*

## Es war einmal ein Poet

Wie eine zarte Blume
Hast du mich gepflückt
Und zum Trocknen gelassen

Meine Haut ist verrunzelt
Die Lippen dünn und
Ohne Farbe geworden
Müde Augen weinen nicht mehr
Um diese längst vergangene Frische
Hände sind zittrig und
Lassen alles fallen
Silbrige Haare halten sich noch ein wenig
Aber das, was du gerade liest,
Ist ein Teil von mir, welches schläft

Ich habe keine Frühlinge mehr
Herbst und Winter auch nicht
Ein einsamer Poet bin ich

Bald gehe ich fort
So vertrocknet und so wunderbar alt
Dennoch werde ich beim Abschied lächeln

# INHALT      Seite

# INHALT Seite

# INHALT                                                    Seite

# INHALT {.unnumbered}

**Seite**

# INHALT      Seite


von Erich Kern, geb. 1966 in Braunau am Inn (Österreich). Beruf: Techniker (Ingenieur). Verheiratet und Vater von vier Kindern (m/f/m/m). Hobbys: Familie, Bücher, Musik und alles was schön ist.


von Julia Krumbein, * 1970 in Bonn, aufgewachsen im Siebengebirge. Studium der Skandinavistik, Psychologie und Philosophie in Bonn und Växjö, Schweden.
- www.meinwaerts.de -


von Prof. Ernst-Edmund Keil, * 1938 in Duisburg. Studium (Germanistik/Anglistik) in Bonn. Professor für Deutsche Literatur an der Universität Valencia (Spanien). Mitglied im VS und VdÜ. Autor mehrerer Lyrik- und Erzählbücher, Anthologiebeiträge, zuletzt Prosa-Beiträge in 5 Büchern der Edition Ponte Novu, Essays, Übersetzungen aus dem Spanischen und Englischen. Öffentliche Rezitationen klassischer und moderner Literatur. Eigene CDs und Videos. 5 Literaturpreise (BRD, Luxemburg, Italien, Österreich, zuletzt 2003 (Poeticus-Lyrik-Wettbewerb, Spittal a. d. Drau).


von Mandy Kritz, * 1985 in Karl-Marx-Stadt, 2003 Abitur in Limbach-Oberfrohna. Ausbildung zur Gestaltungstechnischen Assistentin. - www.mandykritz.de -


von Betti Fichtl, * 1941. Veröffentlichungen von Lyrik und Prosa in Anthologien und Zeitschriften im In- und Ausland. Gedichte in sechs Sprachen übersetzt. Eigene Bücher, Buchreihe zum Thema Sucht und Drogen. Buchreihe Capriccio. Herausgeberin d. Edition Wendepunkt im Wendepunkt Verlag.

# INHALT Seite

# INHALT

# INHALT Seite

# INHALT        Seite

# INHALT        Seite

**HERJO-VERLAG**
**Hermann Jonas**
www.herjo-verlag.de